U0447871

THE WIZENARD SERIES：TRAINING CAMP

巫兹纳德系列：训练营

第四卷

泡椒

[美] 科比·布莱恩特 创作

[美] 韦斯利·金 执笔

杜 巩 王丽媛 林子诚 译

金城出版社
GOLD WALL PRESS
中国 · 北京

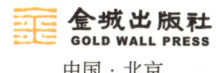

目录

1. 只差一个人 / *001*

一个真正的领袖应该站在最底下,
把队伍扛起来。

---

2. 正确的路 / *017*

骄傲自负的人注定失败。

---

3. 倒计时 / *035*

如果你现在的路很轻松,
要明智地利用时间,变得更强大,
毕竟前方群山已在望。

---

4. 争斗 / *055*

如果你能把矛盾放一边,
你就能知道谁最需要你的帮助。

---

5. 失败的路 / *075*

如果你想成功,
就把你的劣势变成你的优势。

---

6. 什么都看不见 / *091*

如果作者真心喜欢笔下主角，
你的故事就会精彩很多。

―――

7. 山顶上的人 / *113*

在路上，你可能会疲累，而前途黯淡。
如果必须，不妨驻足一下，但绝不要放弃。
一直前行，直到黑暗过去，
而你成为下一个旅人地平线上的朝阳。

―――

8. 独自一人 / *127*

如果你不喜欢独处，
你必须学会喜欢你自己。

―――

9. 突飞猛进 / *145*

我们不需要恐惧自己不能控制的事，
但是我们可以学会控制我们的恐惧。

―――

10. 暗室 / *153*

在最艰难的时候，
就能看出谁是真正的领袖。

―――

只差一个人

一个真正的领袖应该站在最底下，
把队伍扛起来。

◆ 巫兹纳德箴言 ◆

第一章 只差一个人 | CHAPTER ONE: ALL BUT ONE

　　泡椒将门拉开，停在那，张开双臂，闭上眼睛，脸上露出一丝笑意。他大口呼吸着，用力捕捉空气中那股汗水浸入松木散发出来的气味，清晰可闻。

　　他回到家了。

　　费尔伍德球馆历史太久了，这个不用多说，而且设施已特别老旧，但这里却是泡椒在这个世界上最喜欢的地方。老旧也还好，最重要的是，这里的一切似乎都不曾改变：残破的球网、煤砖墙上灰暗的油漆、吱吱作响的地板。球馆外面也有一些破败，一切变得越来越糟糕。球馆摇摇欲坠的样子，到处是废弃的汽车，像一个又一个快烂掉的墓碑，来这里的人越来越少。

　　雨神的爸爸离开了，壮翰也失去他的爸爸和一位哥哥。泡椒的妈妈……那件事已经过去3年。3年的时间，像是上周发生的事，抑或是上个月。怎么会已经这么久了呢？泡椒怎么可能已经有3年没有听到妈妈的声音了呢？

　　"来太早了啊。"拉布拖着脚步跟在泡椒身后，揉着眼睛叹气说道。

　　拉布比泡椒小1岁，但是身高却高3英寸（约7.6厘米），这件事几乎在他们95%的谈话中都会被拉布拿来说事。拉布身材消瘦，而泡椒看起来更强壮，拉布的发型乱糟糟的，泡椒则一丝不苟地保持着发型——这要归功于他从垃圾箱里找到的那把过时的剪刀。他俩唯一相像的地方在眼睛——圆圆的，深棕色，以前有人说就像烤过的杏仁，不过现在没有人再提这件事了。他们的眼睛跟妈妈一模一样，每次看到这样的眼睛，关于妈妈的回忆也随之而来。

　　"该打球了，永远不嫌早。"泡椒说。

　　泡椒走向场边的板凳，调整包的背带，然后朝雷吉笑了笑，算是打招呼。在这个地方，他不需要有什么心理负担，这对他来说很重要，也是费尔伍德球馆的迷人之处。

　　"我不觉得。"拉布反驳道。

　　"拉布，今年肯定不一样，很多事都会改变的。"

　　"你指的是你要长个了？"

　　"闭嘴吧。"

　　泡椒和雷吉击了个拳，转身朝客队板凳席的方向，竹竿独自坐在那里。

　　"竹竿，嘿，哥们儿。"泡椒开口说。

　　"你好，泡椒，"竹竿含糊不清地说，同时他的手别扭地挥着，"我是说，嘿，哥们儿。"

　　泡椒轻轻叹了口气。他喜欢竹竿，但是这个骨瘦如柴的首发中锋让他很失望。泡椒想着自己如果有竹竿的身高，他会成为球场上的超级明星。泡椒不得不成为球队里最矮的球员，他穿鞋身

第一章 只差一个人 | CHAPTER ONE: ALL BUT ONE

高只有5英尺1英寸（约1.55米）。他讨厌自己的身高。还有许多事也在困扰着他，比如他的大鼻子，眼睛下方的雀斑，还有那圆滚滚的肚子，但只要他的身高能多长几厘米，这些缺陷他都能接受。拉布多次将泡椒绑在厨房的柱子上，脚下吊着很重的包。这个做法除了让泡椒脚趾酸痛外，其他方面收效甚微。

泡椒坐下来，从包里拿出心爱的球鞋。两年前，也就是西波堕姆狼獾队第一年正式比赛的时候，老板弗雷迪就催促他们赶紧去准备一双合适的球鞋。对波堕姆的大多数家庭来说，这可不是一个小任务，特别是对西波堕姆的家庭来说。大多数球员的家里都从跳蚤市场或者二手商店淘旧鞋穿，但泡椒的父亲攒钱，给了孩子们一个大大的惊喜：在小家伙们面前拿出两双崭新的球鞋。在泡椒打开盒子的那一刻，他高兴得几乎要昏过去，那几个月，泡椒每天都要把球鞋放在枕头旁边睡觉，几个月后，泡椒依然每天把球鞋放在床边，每晚固定要用旧牙刷去刷它们，不管是在比赛期间，还是放假的时候，他都这么做。球鞋就是他最宝贝的东西，也是他生命里唯一拥有的一件全新的东西。他细致地绑好鞋带。

当其他球员鱼贯而入时，泡椒正在拉伸和放松肌肉。全队已经离开1个月了——上个赛季以他们连续第二次垫底结束。去年7场比赛全败，特别是最后一场比赛，简直被他们的宿敌东波堕姆盗贼队打爆了。对方的首发后卫里奥·内斯特正是泡椒的死对头。每次两队交手时，里奥和泡椒之间的火药味十足——充斥着垃圾话、凶狠的犯规，有几次还动了手。虽然泡椒很不想承认，但确实，里奥通常能得到更好的数据，略占上风。他还称呼泡椒是"小花生"，虽然这不是什么大不了的事。泡椒在回想起这些事的时候，脸上还是会有些发烫。

"泡椒，你又呆住了，眼珠一动不动的。"拉布说。

"我没事。"

"好吧……花生。"

泡椒有点生气地瞅了眼拉布，然后把他自己的篮球拿出来。狼獾队只有一个集体用球，而泡椒自己则有一个，那是他在卖旧货的集市上淘来的，他还把球洗得干干净净的。尽管这颗篮球磨损变形了，像一个旧轮胎一样，但依然能打。当他运球时，拍打声穿透进木地板，在场内回响着。

泡椒想着："今年是属于我的了，我要成为波堕姆最好的控球后卫。"

"这赛季的歌，你写好了吗？"杰罗姆在泡椒身后问道。

泡椒笑了下，他已经为这事准备了整整一个星期。"唱出来怕吓着你们。"

"对，可别吓我们了。"拉布在一旁说。

"请吧，来点节奏。"泡椒把球扔给杰罗姆，等着壮翰的响应。

泡椒深呼吸，试着回想之前写好的歌词：

"The badgers are back
And yes, our gym is wack
But the boys are better
Down to the letter
We comin' for the win
Uppercut to the chin
Dren best watch fur the badgers
Because we are... well..."

第一章 只差一个人 | CHAPTER ONE: ALL BUT ONE

> 狼獾今天卷土重来
>
> 虽然球馆依然破败
>
> 球员个个升级换代
>
> 实力必然风华绝代
>
> 我们为了胜利而来
>
> 猛如勾拳痛入面腮
>
> 德伦就看我们狼獾
>
> 因为我们……呃……

泡椒停顿了下,内心骂了一句。他有点找不到刚开始的感觉,只能自由发挥了……但是他为什么总是要用"狼獾"这个词呢?

"……我们强如疯獾?"他接上了。

每个人都大笑起来,泡椒叹了口气。他一定要想出一些和他们的队名押上韵的词。泡椒钟爱那些古老的动物,但弗雷迪为什么一定要选择"狼獾"呢?泡椒被选入球队时,他在他母亲的藏书里读到过关于狼獾的文章,他很喜欢狼獾。很久以前,狼獾生活在德伦的草原地区——那时候德伦这里还有草原。狼獾身材短小,但是强壮,被逼急了它们会展示出凶狠的一面。狼獾简直和泡椒完美契合在一起……如果他们的名字在歌词里押韵一些就更好了。队名本来也可以是熊、蝙蝠或者蝴蝶。

好吧,最后那个可能不太合适。

"Cladgers……"泡椒还在想着,"Radgers[1]……疯狗们,啊!"

---

1 为与狼獾 Badgers 压韵,泡椒创造了 Cladgers 和 Radgers 两个单词。
　——译者注

他拿球上了一个篮，篮球磕到篮筐的下面。泡椒看了看周围，幸好没有人注意到这件事。进攻方面阻碍了泡椒更进一步。泡椒出手太快了，不管用什么办法，他似乎总是不知道怎么把投篮的节奏慢下来，特别是在比赛中。拉布说防守泡椒只要"礼貌性地伸伸手就好"，泡椒每次都被气得说不出话来。

大门再次打开，阿墙和维恩走了进来。

"我的人来了。"泡椒作势给维恩敬了个礼，然后说道。

维恩是球队的替补控球后卫，但争夺首发位置似乎从来没有影响过他们的友情。阿墙是球队的首发大前锋，这支队里稍显木讷的傻大个。他已经辍学了，得到了一份在采砾场里运泥土的工作。在波堕姆这个地方，在学校里读书是要经过考验的：如果你三次考试没通过，就会被勒令退学去找工作。除了在一些矿区工厂工作之外，这个地方没有太多工作的机会。

泡椒的父亲也在那里工作……泡椒以后很有可能会跟他一起掉进洞里。

泡椒抢下篮板后开始运球，嘴里唱着：

"The badgers are the baddest
West Bottom ballin'
Peño be the man
You hear him shot
callinnnnnng!"

狼獾队的小子最野

西波堕姆的篮球炸裂

泡椒当之无愧主角

第一章 只差一个人 | CHAPTER ONE: ALL BUT ONE

投篮无人不知准确

进！进！进！

他三分球出手，可惜篮球连筐都没碰到。

"好吧，我可看到了。"拉布走过来和泡椒一起热身。

泡椒把球传给拉布，拉布也投丢了一记跳投。

"你投篮姿势跟奶奶一样。"泡椒说。

拉布立马还击道："你看起来更像奶奶，除了我觉得她更高。"

泡椒抢下篮板球，直奔投分点，避开假想的防守者。

"妈妈说过我会是家里最高的那个人，我只是发育得比较晚罢了。"泡椒说。

话出口的那一刻他就后悔了，泡椒看到拉布脸上青一阵红一阵的。拉布欲言又止，目光停滞在一处。每次都是这样的表情。拉布不喜欢谈到妈妈，永远如此。或许他甚至无法谈及。

"好吧。"拉布轻轻地说了句。

泡椒为他弟弟感到一丝痛苦。他自己也常常深陷回忆中，不过不像拉布那么敏感。泡椒可以聊到妈妈的事，他也想去多说一些关于她的话题。而拉布只是选择去遗忘。

3年了，泡椒想着，他仍然无法接受妈妈已经离开的事实。

泡椒试着缓和一些气氛："当然，一旦打疯了，谁还在乎身高呢？"

他跳起来在拉布头上摘下篮板，看到拉布脸上出现了他期望的笑容。之后他们开始斗牛，晃动，用身体推挤到篮下。在得分方面拉布更优秀，但泡椒的防守也是不遑多让的。通常这是一场势均力敌的战斗，尽管拉布从去年开始领先了。

就在两人斗牛的时候，老板弗雷迪带来一位新球员。这个野心勃勃的老板在几周前就跟泡椒和拉布打了电话，告诉他们自己找到了一位潜力股球员，德文·杰克逊。弗雷迪说过，德文将会在低位有所表现，显然他不是开玩笑的。

德文是泡椒见过最强壮的人了，他身上的肌肉货真价实。

泡椒低声说："我一定要知道这家伙是怎么健身的。"

弗雷迪叫道："孩子们，大家都在呢？过来，给大家介绍一下德文。"

全队慢慢聚集到弗雷迪和德文的身边，泡椒盯着德文看着。他以前很羡慕竹竿的身高，但眼前这家伙显然什么天赋都有。如果德文在下快攻的时候不要磕磕绊绊的，他绝对可以成为场上的球星。泡椒瞧了瞧自己：隐藏在T恤下面那圆滚滚的肚子，还有一对小短腿，小短手。他什么身体上的天赋都没有，如果不来个基因突变，他怎么可能跟这些人去竞争呢？

"他不爱说话，"弗雷迪拍了拍德文那宽厚的肩膀说道，"但他个子高啊。"

"我们都看出来了，"泡椒说，"他看着就像克莱德兹代尔。"

"谁是克莱兹·代尔？"阿墙问道，"他也打球吗？"

泡椒挠了挠额头说："是一种马……算了算了。"

拉布问："你在哪个学校读书？"

德文的表情一下子变了，看上去不太自在。泡椒不敢相信这个男孩居然这么害羞？泡椒想着，如果自己能有德文这一身肌肉，他会恨不得把衣服立马脱下来，给大家炫耀自己的身材。

"在家里读书。"德文憋出了这几个字。

泡椒笑了起来："在家里读书！够酷的，我爸在放学后都不想让我待在家里。"

"谁又能说这不好呢?"壮翰说,"这家伙就在家里,练出了我从没见到过的大块肌肉。"

"你的身体就像大坏蛋布拉伯一样强壮。"泡椒说着,指了指德文的肚子,"好吧,但是如果他这么沉默的话,我们要怎么在一起打球呢?或许我可以带带他,你管猫叫什么……"

"嘘!"全队都朝他喊道。

泡椒皱了皱眉:"我这次还准备了一个好梗呢。"

维恩说:"不,你没有。"

突然间,球馆的灯光闪了几下。泡椒抬头向上看,想着是不是费尔伍德的电线终于要断了。它能坚持这么久真是一个奇迹。这个地方可能有几十年没有来过一个电工了。泡椒看着那些灯光跳动,变得越来越亮,泡椒像一只飞蛾一样被吸了过去。

一个远方的声音传来:"领导有什么含义?"

泡椒惶恐地看向周围,不知道这声音到底从哪里来。

"黑暗里面隐藏了什么?"

泡椒再次环顾四周,弗雷迪还在那说话,但这个声音跟他的不同……更低沉一些。

"是时候了。"

突然所有的灯泡熄灭了,整个球馆笼罩在黑暗之下。大门猛地朝内打开,泡椒了解那些门,它们只能向外开。因为他以前好几次都跑到门前,被门弹回打中鼻子。狂风从大门涌入,卷着灰尘和垃圾,像一股巨浪。

"沙尘暴来啦!"泡椒大喊,随即躲在壮翰身后,"快跑啊!"

"谢谢你哟。"壮翰说。

当风暴渐渐平息下来后，泡椒看见一个人站在门口。那个人很高大，衣冠楚楚，还背了一个包。那个人的眼睛引起泡椒的注意，一对泛着亮光的绿色眼睛，就像是从迷雾中射出来一样，射向泡椒，射进他的身体。

有一个声音响起："这男孩无法呼吸了。"

泡椒往后退了一步，他在想着的事情，那个声音都说了出来，像是他的潜意识一样。

"不可能，你从来没有让潜意识说出来过。"

男人自称是巫兹纳德教授，球馆里很快就剩下队员们和这位高大的教授。他的眼睛又看向泡椒，眼珠里的绿光瞬间变淡泛白。泡椒的脑海里闪过一些画面：一张全白的床，纤细的手指，四周只剩下黑夜，整晚都有人在煮饭，他想起他的妈妈……泡椒的膝盖晃了晃，几乎要摔倒。

"你还好吧？"拉布问道。

泡椒点点头，有点难受地说："还好，弟弟，是早餐有些反胃。"

"我们早上吃的是剩意大利面，"拉布说，"而且是你煮的，肯定不太好。"

泡椒愤怒地看了看拉布，尽力让自己平静下来。他到底怎么了？为什么这些画面突然闪现？泡椒感到自己的胸口有点闷，喉头发紧。他驱散了恐惧。这些画面和想法都只能在夜深人静的时候独自品尝，在拉布不在的时候。

巫兹纳德取出一份合同，说："在我们开始训练之前，我需要每个人都在这上面签字。"

当轮到泡椒时，他紧张地接过合同，有两个重要的细节让他

心跳更快了。第一，这张纸几乎跟石头一样坚硬。第二，合同上没有任何人的签名，尽管在传到泡椒之前，其他人都是在这张纸上签字的。于是他开始仔细阅读起这份合同。

"我觉得在签之前，需要让律师看看。"泡椒说道。

"你连找一个律师的钱都付不起。"拉布提醒他。

"好吧，"泡椒边说边在横线上签字，"所以……这个格拉纳王国是一个新的协会？名字听起来有点浮夸啊。"他把合同传给雷吉，故意把声音压低，像一个中世纪的传令官一样说道。"格拉纳王国将会要求所有的球员穿着短裤，戴着假发报道。"

泡椒抬头看向巫兹纳德，教授看起来没有什么表情。

"一个不喜欢开玩笑的人，好吧，我接受。"泡椒嘟囔着。

在所有人都签完字后，巫兹纳德打开了他的包。绿色的光从里面射出，泡椒听到什么东西在动，是个大家伙，发出一些奇怪的声音。

"里面有一只鹦鹉吗？"泡椒问道，想偷看一眼。

没有任何预警，突然间巫兹纳德给壮翰传了一个球。下一球嗖的一声朝泡椒的鼻子飞去，泡椒在球快撞到他鼻子时一把接住。房间忽明忽暗摇摇晃晃，泡椒似乎看到一股热浪在墙体间回荡，费尔伍德球馆突然间座无虚席。泡椒环顾四周，睁大了眼睛。他正站在场地中间，在一场比赛当中，球迷们挤满了看台。雷吉从远处朝他冲刺跑过来，泡椒赶忙大喊，只见雷吉从泡椒的胸膛穿了过去。泡椒看到他的弟弟拉布，快步向他走去，心里松了一口气。

"嗨，拉布！"泡椒叫道，"这里一团糟，不是吗？"

但是他的弟弟匆匆从他身边跑了过去，雨神也是一样。泡椒看向主队的替补席，4名球员坐在那里：维恩、壮翰、杰罗姆，还有阿墙。德文、竹竿、雨神、拉布和雷吉都在场上——所以整个球队只有9个人。泡椒注意到他的爸爸也在看台上，他赶忙跑过去，不过他爸的目光从泡椒身边穿过，注意力放在别的球员上。

"爸！嗨！"泡椒挥舞双臂大喊着，"罗伯茨太太？有没有人听到？你们好啊！"

泡椒试着去抓他爸爸的手臂，但是他抓空了，爸爸的手臂像烟雾一样触摸不到。

他意识到："我的身体不在这里，不是真的，这里只是一个假象，或者只是一个梦。"泡椒转过身，这场比赛还在打着，里面并没有他。一切井井有条，他就是……不在其中。泡椒蹲了下来，抱住自己，球员在他周围奔跑着，呐喊助威，笑声四溢。泡椒的队友们甚至都没注意到他的缺席,一点也不在乎他。泡椒的胃开始翻滚起来。

随后泡椒看见教授站在边线那里,盯着他。

巫兹纳德说:"嗯,很有意思。今天就到这儿吧,我们明天见。"

全队再次出现在空旷的球馆里。泡椒站起身看向四周,感到困惑,他的队友们似乎也有同样的感觉。巫兹纳德正要走出球馆。

"明天什么时间见?"泡椒下意识地开口问道。

巫兹纳德没有回答。当他靠近球馆大门时,门突然被一股强烈的冷风撞开。教授大步穿过大门,门随即重重关上。

"球我们还能留着吗?"泡椒大声说。

他跟着教授出去,想要一个回答,任何的回答都行。他匆匆跑到停车场。

"什么……教授呢?"泡椒看来看去,睁大了眼睛。

巫兹纳德已经离开了。

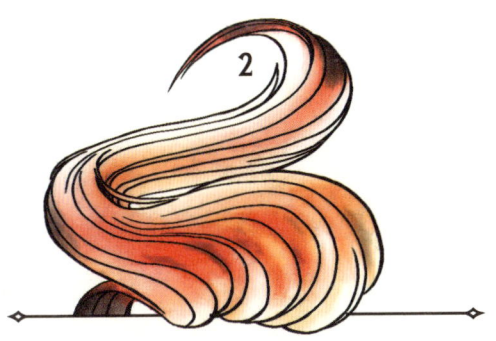

正确的路

骄傲自负的人注定失败。

◆ 巫兹纳德箴言 ◆

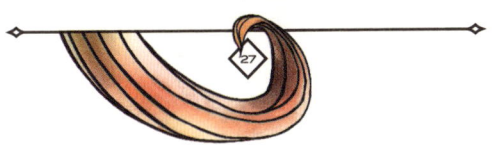

第二章 正确的路 | CHAPTER TWO: THE RIGHT WAY

　　泡椒站在费尔伍德球馆前面，他抬头打量着这栋粉色建筑物，进入狼獾队两年来，他第一次感到有点紧张和不安。之前简单多了，他担心自己被球队开除，拉布留了下来，泡椒自己就不得不整个赛季都待在边线，看着球队比赛。就因为担心这个，他几个星期都几乎没有睡觉，甚至在进入球馆大门时差点吐出来。谢天谢地，他俩都成功了。看到球队花名册时是他生活当中最幸福的时刻之一。

　　而现在的恐惧则完全不同。他害怕他无法解释和理解的事情、声音和记忆。泡椒低头看向自己的双手，发现它们都在颤抖，在拉布注意到之前，他赶紧把双手塞进了口袋。

　　泡椒没有暴露过自己害怕什么，他是家里的大哥——他必须坚强。他从来不哭，也不表现出恐惧。在家里，泡椒既煮饭又负责打扫卫生，那样拉布和他的爸爸就可以不用太操心这些。他现在仍然感到口袋中的双手在颤抖。上一次这样还是在3年前，那时的他抚摸着瘦削的手指，感到体温在慢慢流逝，握力渐渐变弱，双手变冷……他很快把这些回忆赶走，现在可不是回忆这些的时候，永远都不是。

"你在干什么啊？"拉布问道，打量着泡椒。

"没什么。"泡椒匆忙回答道。

"好吧，你不赶快进球馆，你在害怕什么吗？"拉布说道。

泡椒叹了口气。他俩都隐约察觉到，在昨天的训练中遇到些什么事。但好像谁都不愿意先站出来承认，现在，两个人互相打量着，都不愿示弱。

"为什么我要感到害怕呢？"泡椒问道。

拉布耸了耸肩，尽管他看起来不太自然："我看到什么就说什么，好了，快带路吧。"

"为什么你不先进去？"

"你总是走在前面，基本上跳着就进去了。"拉布说。

"好吧，是时候轮到你了，弟弟。"泡椒回答道，他凑到拉布身边，故意把声音压低说，"除非有什么不对劲的地方……"

拉布说："怎么可能，你以为我会害怕一个衣冠楚楚的怪人？我说过，巫兹纳德就是一个蹩脚魔术师罢了。试图在第一天就震慑住大家。"

这句话他说了有一百次，不过泡椒显然对这个说法不感冒。波堕姆有许多街头魔术师——不是拿着旧扑克牌变戏法，就是在袖子里塞满彩色的纸条——如果人们注意到他们就会发现，这些魔术师不过是一群可怜虫。魔术都是骗人的，是乞讨几个小钱的最后手段。

巫兹纳德昨天做得不同。那些画面，还有泡椒脑海中的声音——可不像是假的。实际上，它们给泡椒很熟悉的感觉，就好像泡椒参与其中，听到看到的那些几乎不可能发生的事，都让泡椒感到自己有着不可推卸的责任。

你准备好迎接挑战了吗？

泡椒看着拉布，他知道问出这个问题的声音，并不是来自他的弟弟。这个声音跟昨天一样，是那家伙的声音。

"行啦，快走吧。"泡椒让在一边，指了指大门说道。

拉布不情愿地说："好吧……胆小鬼。"

泡椒感到脸上火辣辣的。他非常讨厌这个词，拉布也是。这么多年来，因为这个词，泡椒已经不幸摔断了一根锁骨，还扭伤了几次脚踝，拉布也在一次从房顶后面跳下来时，摔断了三根肋骨。

在受伤之后，泡椒被禁足了很长一段时间。

泡椒扒住另一扇门说："我们同时进门吧，如果这样你感觉更好的话。"

"好吧，但我要自己走，我才不需要你呢。"

"数三下？"

拉布停下说："行，数三下。"

泡椒面朝大门数着："一……二……三！"

他们猛地推开各自的那扇门，好像是在躲避什么东西似的，两人同时往后退了几步。只见雷吉一个人在球馆里，在板凳席做拉伸，茫然地看着他俩。

"好啊，看看？没有什么奇怪的。"泡椒说。

"我鄙视你。"拉布嘴里嘟囔着。

两兄弟飞快冲入球馆，一边跑一边用胳膊肘互相推搡着，看看谁更快。

"你有什么事想要跟我说吗,弟弟?"泡椒小声地说。

"没有,你呢?"拉布说道。

"没,一切都很好。"

他们一屁股坐在主队的板凳上,互相盯着对方。

"又打架了,你俩?"雷吉疑惑地说道。

"老一套。"泡椒回答。

泡椒脱下他的球鞋,查看一下有没有磨损。当然没有,昨天他回家时才清洗的球鞋,尽管这双球鞋只穿了大概一小时。泡椒花在擦洗球鞋的时间比穿它们还要多,并且中午的时间也很无聊。泡椒的家里没有手机或者电脑——两件东西他们根本都买不起——所以泡椒和拉布经常通过一系列活动来自娱自乐:翻翻旧书,看只有四个频道的电视,还有在后院练习跳投。泡椒在后院的墙上用粉笔画了一个小格子,他们要做的就是击中那个格子。虽然这跟真正的篮筐不太一样,但至少是他们练习的方式。拉布总是说,如果篮球比赛是通过击中格子得分的话,泡椒绝对会成为超级明星的。

泡椒尽量表现得自然,从包里把那颗新球拿出来,假装不经意地瞄了瞄四周,看有没有人注意到他,发现没有人看他后,随即拿球赶快跑进球场。昨天那场奇怪会面里的意外之喜——几颗全新的篮球。狼獾队从来就没有属于个人的篮球,而且还是全新的。弹性好,外观漂亮。泡椒昨天晚上几乎一半的时间都在闻他的新球,直到拉布威胁说要把球扔到窗外他才作罢。

泡椒开始运球后,担心害怕的感觉逐渐消退。随着篮球在木地板上的拍打声,他开始眼花缭乱的操作:背后运球接胯下运球,然后换个方向继续。试探步，运几下，体前变向，再接着试探步。他就像在跳舞一样，双手在身体周围自由自在地挥舞着，然后嘴里开始唱起了词：

> "Peño is the man,
> The boy with the plan
> His presence is a must
> He's a basketball-O-pus."

泡椒就是天选之子

男孩计划将要开始

内心渴望说到做到

他是一个篮球天才

泡椒做了个鬼脸，决定还是不要跟别人分享这首歌了。他已经玩说唱玩了好几年……好坏作品都有。拉布讨厌这个，但泡椒自认为已经变得越来越熟练，希望是这样。

拉布很快就加入一起训练，他们开始常规的练习——一个人投篮然后抢下篮板，传给另外一个人空切上篮。就算每人都有一个球，他们也会选择只用一个。已经习惯了，泡椒是这么认为的。拉布开始练习三分，进到一个好的节奏后，泡椒会不断地给他喂球。

泡椒唱起来："哦，耶，兄弟俩行云流水的配合……"

"停下。"拉布生气地看着泡椒，打断他唱歌，"今天不要说唱了，或者，你懂得，以后也不要了。"

"你是在嫉妒我，疯狂地崇拜我，你这把没有子弹的

BB枪……"

拉布重重地把球传给泡椒，泡椒接住大笑起来。他晃晃悠悠地围着拉布运着球，转身来了一记单手抛投。今年泡椒打算好好地把这个动作用起来——他已经在后院的墙上练习了无数次。泡椒摘下篮板后，躲开一记阿墙投出的偏得离谱的投篮，阿墙这人只有在篮下好使，其他任何地方的投篮都不靠谱。

"往里面一点。"泡椒说，"那里才是球应该待的地儿。"

阿墙皱了皱眉说："今年你给我多传几个大空位就好。"

泡椒说："当然，如果你离篮筐3英寸（7.62厘米）之内，我会传给你的。"

"谢谢。"阿墙严肃地回答。

泡椒挠了挠额头，感觉自己真像是在对着一堵墙说话。

泡椒转身面向篮筐时，整个人突然僵住。篮筐不见了，四面砖墙升起，高耸入云，顶上只有针眼大小的蓝色，他被困在里面。

"拉布？"泡椒低声叫。

泡椒走向最近的一面墙，伸出手指触摸墙面。墙是真的，没有办法穿过去。

他在里面走来走去，四周没有门，泡椒感到很困惑。"巫兹纳德！"他大喊着，"巫兹纳德！"

泡椒开始流汗。这些墙之前也像这样困住过他——或许是在泡椒的想象里，但这种紧迫感简直一模一样。他越思考胸口就越闷，他不能惊慌失措。再一次，泡椒把手沿着墙摸索着，推压，试着找机关。出乎他的意料，一块砖朝内滑动，然后掉在地上。相邻的砖块没有移动，但泡椒扒住缝隙往里面拉，下一块砖也掉了进来，透出更多的光。泡椒开始一块砖一块砖地扒开，打开一道口，让阳光照进围墙里。他可以看到费尔伍德球馆就在砖墙后面——看得见看台和破旧的墙壁。

"泡椒，你知道成为一个领袖，要怎么做吗？"

泡椒转了一圈，巫兹纳德就站在他的身后。"哪里……"

"你知道吗？"

泡椒停下来，思索着："我……我猜就是让人们跟随你的脚步。"

"不对。"巫兹纳德说道，"需要身先士卒，最后一个休息，最努力地工作，最后一个享受，在围墙里面找出口。每个人都有办法释放他们的天赋，造物主给人们留下了一把钥匙。"

"你指的'钥匙'是什么意思？"

"它通常会被隐藏起来，是的。大部分人都懒得去发现。但一个领袖会花时间推倒高墙。他们推压，他们拉扯，他们给予，也有收获。他们通过帮助他人冲破极限释放人们的潜力。这个过程很艰难，既艰辛又会耗尽你的力气。不是每个人都有这项才能。"

"听起来不是很有趣。"泡椒嘟囔着说。

"如果我们之中没有一个领袖的存在，我们就不会有赢的机会，我们也就组不成一支队伍。"

泡椒加重语气："我们需要一支队伍！"

"为什么呢？"

"我爱这支队，我太需要它了。"泡椒说。

"但是你同时也在畏惧它，为什么？你在害怕什么？"

泡椒感到一阵寒意袭上心头，咽了咽口水说："我……我不知道。"

"你还没准备好做一个领袖。"

泡椒突然间又和全队站在场地中央，围着巫兹纳德。泡椒眨了眨眼睛，再揉一揉，好像没有人注意到他曾经消失了。拉布像往常一样无精打采地站在旁边。

泡椒回想起那些围墙。巫兹纳德指的是什么？他应该怎么做？

"我……呃……我爸爸想知道，家长什么时候能过来见见您？"竹竿问道。

泡椒瞄了瞄拉布。他们的妈妈以前总是这些活动的"参与者之一"。他们的爸爸工作时间很长——现在更长了——绝对没有多余的时间跟老师或者教练见上一面。泡椒想念回家可以看到妈妈的时候。他想念妈妈在厨房唱歌，想念妈妈从外婆那里学来的美味菜肴……虽然妈妈一直都没有时间教他。妈妈每天都唱歌——叫他们起床，做饭的时候，他们睡觉时也在唱歌。现在家里冷冷清清的，没有一个人唱歌。

"试训之后，我就见你们的家长。"巫兹纳德说。

泡椒如梦初醒叫道："你说试训对吗？我们是一个队的啊。"

"你们曾经是一个队的。"

泡椒的胃翻滚起来。他还是有被开除的可能？他感到之前的担心又回来了。如果拉布通过考核而自己没有呢？如果他是唯一没有通过考核的人呢？他们会抛弃他吗？

"如果有急事。"巫兹纳德继续说道，"可以打 76522494936273 这个电话。"

泡椒拨弄着他的手指计数："这号码听起来不像是一个电话号码……"

竹竿拍拍短裤口袋，在找一只笔。"所以是……7……8……？

第二章 正确的路 | CHAPTER TWO: THE RIGHT WAY

能重复一遍吗?"

"我们先分组对抗。"巫兹纳德说,"今天我们要用颗不一样的球。去年的首发球员对阵替补球员。"

泡椒感觉到巫兹纳德强调了一个词"去年的"。巫兹纳德之后会把首发和替补混在一起吗?泡椒就算进了球队,也会被踢到替补去吗?当然,这样的结果会比直接被开除好上一点,但也是半斤八两。今年本应该是泡椒大展拳脚的一年,正是一个出名的好机会,可以向任何人证明——也包括他自己——证明他已经迈入下一个级别了。泡椒紧张地看着维恩。

是泡椒的幻觉,还是维恩确实比原来高了一点?

球员们很快被分为两队。首发这一队,泡椒是控球后卫,雨神担任得分后卫,拉布是小前锋,阿墙是大前锋,竹竿站中锋的位置。每个人都会对上自己的替补球员,分别是维恩、雷吉、杰罗姆、德文和壮翰。

竹竿和壮翰上前准备跳球。

"我会紧紧追赶着你的。"维恩用手肘开玩笑地顶了下泡椒说,"把首发的位置抢过来。"

泡椒咧嘴一笑,尽量隐藏起他的担心说,"等你追上我再说吧,小兄弟。"

替补那队赢得跳球,泡椒迅速回防。

"回到各自的位置!"泡椒大喊。

维恩是个不错的球员——强壮且有一手漂亮的投篮。但是他没有泡椒速度快,也没有他运球好。泡椒把重心放低,用一只手干扰球。他快速地来回横移着,锁定在维恩肚子的位置。泡椒的投篮也许还只是半桶水,但他的防守足以在对上联盟里任何一位控卫时不落下风。

但是，一分钟不到杰罗姆就已经率先得分，让替补队领先了。

"快把球捡起来！"泡椒大声说。

他接到界外球后马上运球推进前场。维恩采取人盯人的防守——真是赌博式防守，在开阔的区域里泡椒可以甩开任何人。泡椒假装往左，肩膀下沉好像露出破绽，接着突然全速往右边冲去。维恩脚下一个踉跄，扑了个空，泡椒从他身边冲过去——直接撞上一堵看不见的墙。泡椒晃了一下，他的鼻子受到撞击。他又试了一次，结果脑袋再一次被弹了回来，眼睛止不住地流泪。泡椒伸出手摸了摸前面，但是什么也感觉不到。

"这是什么东西啊？"泡椒按摩着自己的鼻子说道。

"这个就叫作密不透风的防守。"维恩笑笑说。

"我指的不是这个。"

第三次，泡椒突破假装走左边，然后往右边加速切入。他的鼻子又一次撞到什么，疼得不得了。泡椒没有其他选择，他只能把球换到较弱的左手突破……直接跟维恩撞了个满怀。电光火石间，维恩断下球后运球加速上篮得分。泡椒只是呆呆地站在原地。难道他疯了吗？泡椒走向右侧，用手摸索着什么，但什么都摸不到。

"你在干什么呢，泡椒？"拉布从他身边跑过去捡球说道。

"我也不知道是怎么回事。"泡椒想着。

"什么也没干啊。就是把球丢了而已。你还不赶紧回来做掩护？"泡椒说。

"我看你不会运球了，是吧？"拉布说，"你的运球看起来跟竹竿差不多。"

第二章 正确的路 | CHAPTER TWO: THE RIGHT WAY

"谢谢你哦。"竹竿插了句。

泡椒接到界外球后突然变向到右侧，再一次撞到墙上。泡椒真想大叫出来，但是他要怎么和别人解释呢？出现了一堵看不见的墙，哦，对，还是只有在自己往右侧突破的时候才出现？全队肯定会觉得泡椒发疯了，所以泡椒决定保持沉默，但随着比赛时间一分一秒地过去，他变得越来越消沉。一小时后，替补球员 4 分优势领先，泡椒变得非常生气。

"这也太荒谬了！"泡椒摇着头说，"拜托，我们现在可是输给了替补球员！"

泡椒转身接住发球后，整个人呆住了。又只剩下他一个人了。

泡椒小声地说："为什么是我？"

1 个骑士突然出现在泡椒的身旁……接着又出现了 3 个。他们都穿着闪闪发光的银色盔甲，角盔紧闭，戴着手套的手蜷握着 10 英尺（约 3 米）长的长矛，泡椒身处所有人的正中央，显得极其矮小，其他人都至少比泡椒高 1 英尺（约 0.3 米）。

"唔……你们好？"泡椒说。

其中一个骑士看了看泡椒，点点头，然后转过身去。泡椒跟随骑士的目光望去，脸都吓白了，他发现球馆另一侧还有一排骑士在面对着他们——几乎一样的着装，不同的地方在于盔甲不是银质的，而是铜质的。10 名骑士严阵以待，手中的长矛指向前方。

"你们好？"泡椒说。

"前进！"其中一个银甲骑士大吼一声。

泡椒想往后退，但两侧的骑士把他拽了回来，紧跟大部队向前行进着。骑士们前进的步伐越来越快。队列中间的骑士逐渐处于领先的位置，整个队形成了 V 字形的进攻方阵。防守的一方也一样摆了 V 字形。泡椒想要逃离这场对决。

"我猜是不是其中有什么误会……"泡椒说。

随着一声兵器交击在一起的呛啷声,位于中间的骑士们杀入对方阵营。混乱中,泡椒急忙伏低身子躲了下来,尽量让自己不被注意到。同一时间,位于防线两侧的铜甲骑士们往前推进,没遇到太多阻拦,瞬间就把泡椒和还在挣扎中的银甲骑士们包抄起来。泡椒吓得咽了咽口水,因为铜甲骑士们将矛头降低,对准其防护薄弱的侧翼和背部。其中一支长矛正好指在泡椒的双眼之间。

所有人突然间定住了。

"那么,这场战斗就结束了。"一个熟悉的声音响起,"没有人守护侧翼的位置。"

泡椒从交错混乱的人群中爬出来,躲在一动不动的骑士们底下,看到巫兹纳德正在看着这一幕。

"为什么我又跑到一场中世纪的战争中来了?"泡椒说着,在一名定住的铜甲骑士面前挥了挥手。

"没有好的替补队员的球队,就只能发挥出一半的实力,也就意味着,失败很快就要来了。出色的替补,往往能在战局中扭转劣势。全队上下一心,首发的人,位于阵容中心位置的人,其实不会比后面的人更重要多少。你们必须一起行动,团结一心,否则你们永远不会胜利。"

泡椒回头,看了看那些被包围起来的骑士:"你是在告诉我,我要去打替补吗?"

"我要告诉你的是,这根本无关紧要。"

"我应该做什么?"

"确保每一个人都参与其中,确保每一个人都做好准备。任何

第二章 正确的路 | CHAPTER TWO: THE RIGHT WAY

一个弱点或者裂缝都会很快地让战斗走向失败。"巫兹纳德说。他用手指着泡椒说:"你要做的就是修补裂缝。"

说完,他拿着包,走向看台。泡椒突然发现骑士们都消失了,而狼獾全队再次回到他的身边。泡椒不知道是否是其他队员们消失了,还是只有他自己消失了,其他人是否也看见同样奇怪的事情。拉布的眼神里充满疑惑。

巫兹纳德在看台观众席处坐下后,突然消失了。全队围着泡椒站在一起,眼睛睁得大大的。

"哪儿来的风……怎么吹起来的……?"壮翰问。

泡椒瞪着观众席,不敢相信地说:"真让人不爽。"

他想起那些奇怪的画面、冲锋的骑士们,还有巫兹纳德对他的那一番说辞。他到底希望泡椒做什么呢?去让替补队员做好准备?多说一些鼓励人的话?

"所以说……我们都同意,教练是个女巫,对吧?"壮翰说。

拉布皱着眉头说:"你是6岁小孩吗?根本就没有女巫。"

"我之前以为你只是不相信魔术师罢了。"泡椒冷冷地说。

泡椒看到德文有点消沉地坐在板凳席,又想起了巫兹纳德的话——确保每一个人都参与其中,确保每一个人都做好准备。泡椒回想起德文已经有两天没有说话了。他也注意到德文在球场上打得有些软,甚至有点畏首畏尾。如果说巫兹纳德希望泡椒做到的,是发掘更多像德文这样球员的潜力,泡椒应该可以胜任。

泡椒坐到德文的身边,注意到每个人的背包上都有一张卡片,上面是一个大大的 W 和一串号码。

泡椒看了德文一眼说:"所以,新来的家伙,在家里上学,大号球手。"

"你不会要开始说唱了吧?"拉布坐到泡椒的另一边换衣服,插嘴说道。

"等下也许会。"泡椒说,"就是想多了解了解新来的家伙。举个例子,我注意到你不喜欢投篮,不喜欢抢篮板或者与别人对抗。但偏偏你又长得这么高大强壮。我有点搞不太明白。"

德文的表情立马起了变化,用手挠了挠后脑勺说:"我……我只是还在适应球队罢了。"

泡椒看得出他的不自在。毫无疑问,德文实在太内向了。但是狼獾队在低位需要的可是一头野兽。

"我理解。"泡椒点头说,"就像平常我运球还可以,但今天特别奇怪,老兄,你这么大个儿,至少得给我展现点你该有的样子才行啊。你壮得像一头牛、一个箱子、一杆大烟枪……"

"请快别说了。"拉布说道。

泡椒叹了口气,对德文笑了笑说:"我弟弟可没有我的天赋。"

泡椒发现维恩正边看着手里的卡片,边在他自己的手机上输着号码。全队只有维恩和竹竿有自己的手机。竹竿住在郊区,但维恩跟其他人一样住在破败的城区里。维恩从来没跟其他人说过,他的手机是怎么弄来的,以及手机账单由谁付。

"怎么样?"当维恩挂断电话后,泡椒问他。

维恩皱起了眉头说:"就是一段录音,说这个号码仅限家长打过来。然后又说'晚安,维恩',听起来怪瘆人的。"

"巫兹纳德就是个女巫。"壮翰说。

"你应该指的是巫师吧。"维恩回答。

"世界上就没有这样的人存在。"拉布坚持说。

泡椒拍了拍德文的膝盖:"明天见,哥们儿。给对手来点对抗试试，好吧？只要不是朝着我就行，我很文明的。"

德文随后大笑起来。泡椒把球鞋脱下，思考着一些事。如果他要做的，是让他的队友们做好上场的准备，没问题，他能做到。但他要为自己做些什么？他怎么才能成为一个明星呢？这才是泡椒今年真正关心的事。泡椒感到暗处似乎射来了不满的眼光。

你还是没有做好准备。

… 3 …

倒计时

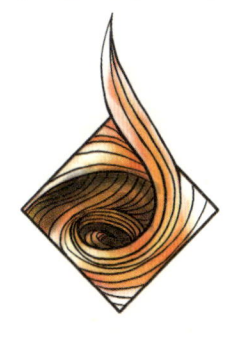

如果你现在的路很轻松，
要明智地利用时间，变得更强大，
毕竟前方群山已在望。

◆ 巫兹纳德箴言 ◆

第三章 倒计时 | CHAPTER THREE: THE COUNTING GAME

隔天，泡椒转身面对他的弟弟拉布，双臂交叉，挡住门口。

"最后给你一个机会，快承认你看到了什么。"泡椒说。

拉布揉着眼睛说："我跟你说过的，但那不过就是变戏法罢了！"

"怎么可能是变戏法？你以前有见过任何一个魔术师能做到这些事吗？"

"这就是花招。"拉布说。

泡椒有点生气。这样的对话昨天持续了一整个晚上。拉布相信巫兹纳德只是一个骗人的魔术师。这个想法很让人恼火，泡椒变得越来越生气。

"但那些画面……"

"是催眠术。"拉布绕过泡椒，走向大门说。

"那个包……"

"是道具包。"

泡椒握紧拳头，从后面追上拉布说："这些都是真的，你知道它们就是真的。"

"如果你这么确定他会魔法,你为什么不跟爸爸说?"

泡椒停了一会儿说:"呃,因为……"

"因为他肯定不会相信你。"拉布回答道,"因为魔法根本就不存在。"

"我可没说过那些是魔法。"

"那到底是什么?"拉布咄咄逼人,靠近泡椒说,"嗯?"

泡椒可以看到他兄弟面颊上的红斑。他们的妈妈以前常常把这些称作"愤怒的点点"。红斑从拉布眯起的眼角一直延伸到他紧咬的下颌骨。大家都叫他墨西哥小辣椒呢,泡椒想着,有点想笑。

"你到底有什么毛病啊?"泡椒问道,"为什么你就不肯承认有什么事不对劲呢?"

"抱歉,因为那些不符合这个世界运行的规律,那根本不是魔法,泡椒。"

拉布准备转身走进球馆,泡椒一把拉住他的胳膊说:"是不是跟妈有关?"

拉布猛地甩开他的手说:"这与任何事都没有关系。"

"我也很想她……"

"你看着她死去,我也一样。"拉布转身说道,"这不是魔法,不是吗?"

拉布一把拉开大门走进去。泡椒在原地发呆了一小会儿,喉咙又干又疼。泡椒依然记得那些事:泛白的床铺,走廊里嘟嘟的响声在回荡着,温热的手逐渐转凉,变得冰冷。泡椒的心里,似乎也有一个微弱的声音在附和拉布说的话。在波堕姆这个地方,不存在魔法,没有奇迹。

第三章 倒计时 | CHAPTER THREE: THE COUNTING GAME

泡椒跟在拉布身后走进球馆。馆内的霉味顿时像手套一样把他裹住，今天这里可让人感觉不太舒服。维恩和雷吉已经做好准备，泡椒坐下的时候向他们点点头打个招呼。费尔伍德球馆今天弥漫着一种很奇怪的氛围，静悄悄的，让人感到很难打破这份沉默……似乎说几句话或者笑几声，也并没太多帮助。这份安静使人难熬，也让人有点紧张。泡椒有些坐立不安。

"谁的爸妈昨晚给巫兹纳德打过电话？"泡椒打破沉默问道。

维恩小声地说："打了，我妈喜欢巫兹纳德。"

"我的奶奶也喜欢他。"雷吉说道，"你呢？"

泡椒摇摇头，他不喜欢跟别人说他爸爸有多少工作要做。

"爸爸回家很晚，所以巫兹纳德到底跟他们说了什么呢？"

"不会告诉我的。"维恩回答道，"我妈看起来就像被迷住了一样。"

队里的其他球员陆陆续续来到球馆，大多数人都说了相同的经历。他们的爸妈都给巫兹纳德打了电话，听对方说话，而自己却什么都没说。泡椒始终在想着拉布之前说的话——关于妈妈去世的那一天。泡椒多么希望，昨晚他的妈妈也能给巫兹纳德打个电话。他希望好多事都能够发生。

"我们聊的感觉像件普通的事儿。"壮翰说，"这可一点儿不普通啊，这可是魔法啊，兄弟们。"

"世界上可没有什么魔法。"拉布插话道。

"真的吗？"

突然一声震耳欲聋的声音传来，泡椒吓了一跳，低头蹲在木地板上，其他队友也跟他反应差不多。巫兹纳德教练就站在板凳席后面的位置。

"如果你不相信有魔法。"巫兹纳德说,"还得多体验体验。"他的目光落在了泡椒身上。

你找到裂缝了吗?

"从我的脑袋里出去!"泡椒想着。

"我们先跑圈。"巫兹纳德说道,他的声音跟往常一样镇定。

球员们开始绕着球场跑圈,尽管节奏不算快,但许多球员很快就有些呼吸困难了,也包括泡椒。跑了5圈后,汗水顺着泡椒的脸颊流下,他费劲地举起手,用早已浸湿的袖子擦了擦脸,嘴巴里咸咸的。

"大家来罚球吧,每人投一次。"巫兹纳德说。从队员们跑圈开始,巫兹纳德就没挪动过1英寸(2.54厘米)——每次队员们经过他时,巫兹纳德看他们的眼神,就像泡椒爷爷奶奶家里那幅老油画里的人像一样。"只要投进,大家今天就不用跑了,要是没投进,全队就多跑5圈。在等待罚球时要继续跑。"

泡椒突然停下脚步,双手捏住他腰间的赘肉,就好像有人在用一把老虎钳夹住他的腰部一样。泡椒拖着脚步走进场内,擦了擦额头上的汗。

"我来吧。"泡椒喘着粗气,虚张声势地说了句。

巫兹纳德把球传给他,泡椒运了几下,走向罚球线。为了能罚进这球,泡椒需要尽可能多休息一下,所以他停在罚球线,用另一只手再运了几次,做个深呼吸让自己平静下来。然后泡椒举起球准备投篮。

泡椒呼吸瞬间又急促起来,只见篮筐有50英尺(15.24米)那么高,整个球馆变得更大,以便于能装下篮筐。泡椒不得不尽可能仰起头，去看向球馆的横梁，远处横幅上的字他已经无法看清楚了，而泡椒的队友们也一声不吭地盯着看。

"怎么……我应该怎么做……？"泡椒嘀咕道。

这是否就是你经常看到的景象呢？投篮总感觉太短？

"请投篮吧。"巫兹纳德说。

"不可能进的，绝对不可能。"泡椒说。

让不可能成为可能。

"我今天不会在意你说什么，这声音八成是巫兹纳德发出来的！"泡椒想着，"还有那个……'格拉纳'是什么东西？"

你会知道的。

"像平常一样投篮就好。"泡椒悄声对自己说。

要估算篮筐的距离显然不太可能。泡椒单手把篮球拉回来，然后像一个棒球投手那样，把球朝远处的篮筐方向扔过去。在篮球离开手的那一刻，篮筐又回到正常的高度，泡椒难以置信地看着这一切发生。篮球飞了出去，撞到球馆的墙壁弹回来，砸到篮板上，又弹向墙壁，最后滚到球馆的角落里，令人沮丧地停在那儿。

"刚刚那个投篮是什么啊？"拉布说。

泡椒转向队友们说："我……我不知道怎么回事。"

"再跑5圈。"巫兹纳德说道。

泡椒瞥了巫兹纳德教授一眼，回到球队里。但在他回到队列里发现，没有人动。泡椒突然感觉到自己在往后滑，他惊恐地察觉到球馆的地板现在像山坡一样向上倾斜。泡椒蹲下身子,尽量让自己的重心稳定下来。

"开始。"巫兹纳德说道。

维恩说:"教授,这个地板……"

"身体疲惫的时候,球场就好像一座高山。"巫兹纳德点头说道。

"现在就是一座山啊。"泡椒抗议道。

"可能只是一座小山丘?"巫兹纳德说,"不管是什么,跑步不要停。"

"我的头有点疼。"泡椒说着,双手攀着地板来保持平衡。

"快跑吧,我们能上去的。"雷吉说。

队员们犹豫了一会儿,然后开始爬坡。泡椒处在队列最后的位置,他非常清楚,只要有任何一个人跌下来,肯定会撞到自己。泡椒小心翼翼地看着德文和壮翰,如果他俩跌下来,他要及时做好闪到一边的准备。泡椒可不想被任何一个队友压成肉饼。当泡椒终于爬到底线位置后,他发现全队停住不动了。现在他们要面对的是一个很陡的大下坡。泡椒感到胃里在翻涌,他有点恐高。

这些才只是开始,每一圈都有一个新的挑战出现:泡椒爬上台阶,跨过栏杆,在像跑步机一样滚动的木地板上冲刺,在湿滑的木地板山谷间匍匐前进。5圈过后,泡椒全身大汗淋漓,他觉得自己可能会变成一块盐。谢天谢地,雨神站了出来,他要罚下一个球。雨神就是一个冷血的罚球机器——全队最准的那个人。跑圈终于要结束了。

泡椒无力地靠在墙上,用手擦了擦脸上的汗说:"拉布?"

"嗯……我看到了。"拉布小声说。

"还认为是变戏法?"泡椒冷冷地说。

拉布没有回答。

泡椒哼了声,瞥了眼巫兹纳德。后者站在场地中央,依旧面无表情,双手在身后握得紧紧的,包放在地上。泡椒皱起眉头,教授身后好像有什么东西一闪而过——模糊的画面,就好像被裹在雾里一样,那里站了一些人。

前方的路可不会太轻松。

巫兹纳德的嘴唇并没有动,但显然声音很清楚。

"那些人是谁?"泡椒问道。

他感到一丝寒意——一种被威胁的感觉。不管那些人是谁,似乎都不太友善。

队伍必须做好准备,地平线上危机重重。

"每个人都去喝点水。"巫兹纳德大声地说。

泡椒吓得退了一步,看向四周。队友们已经在往板凳席方向走了,泡椒失魂落魄地跟在后面。有一个影子看起来很熟悉——几乎每天晚上都会出现在新闻里,一张蜡黄色骷髅一样的脸,但这绝对是个巧合。泡椒无法想象为什么德伦的总统会出现在费尔伍德球馆。当全队下场时,泡椒吓得颤抖不已。

拉布、维恩、壮翰和竹竿都罚丢了球。泡椒估摸着他今天已经流了10磅(约4.5千克)汗了。他的四肢重得像水泥砖头。雷吉最后罚进一个球——尽管篮球在篮筐上滚了一圈,才不情不愿地掉了进去——泡椒已经累得直不起腰,精疲力竭。一些队员还能勉强欢呼,但泡椒可是累得连站直的力气都快没有了。

"喝口水，休息休息吧。"巫兹纳德说着，走向中场的位置。"大家把水壶拿过来。"

泡椒直起身子，嘟囔道："也许我们应该在休赛期来几次慢跑训练。"

"不要再跑了，求你了，不要。"壮翰说。

泡椒加入队伍中，围着巫兹纳德坐成一圈。他的双脚随意地瘫软在面前，像煮熟的面条一样。泡椒长舒一口气，用一只手撑着自己。巫兹纳德在包里翻了一阵子，然后拿出一个简易的小陶盆，上面长着一枝花。他把花放下，走到队员围起来的圈子外面，然后盯着花看，像着了迷一样。

泡椒看看巫兹纳德，再看看那枝花，有点疑惑。

"我们拿这花干什么？"他问道。

"这还不明显吗？"巫兹纳德回答道。

泡椒回身看着花，试着去想起什么，但什么也没有："不知道。"

"我们要看着它长大。"

泡椒皱起眉头。看一枝花长大？波堕姆的花是长不大的，只能开一段时间——还没有很多——即使是从有毒土壤中长起来的，泡椒也可以确定，你根本看不到那些花儿。过去他的妈妈会在后门的门廊处，种上一块小花圃。她小心翼翼地照料着那些幼苗，但是雨本身有毒性，就连最顽强的薄荷，在一季之后也枯萎了，再也长不起来。

"有些事是需要整个世界的改变。"妈妈曾经一边这么说，一边把死去的植物打包装进垃圾袋里。

泡椒从来都不知道应该怎么办，他就是觉得很伤心……他被困在这世界里，人们都被困在这个残破不堪的世界里面。

但一个人能改变这个世界吗？

泡椒看着巫兹纳德，思考他说的话。这就是他妈妈的意思吗？

泡椒转身面向花，试着集中注意力看它。但就是坐在那短短几分钟，都不是一件简单的事情。在家里泡椒总是有事可做：洗衣服，做晚饭，收拾整理第二天学校要用的东西，列好超市采购清单，打扫卫生。泡椒不喜欢闲下来什么都不做。他深深地吸了口气，伸了伸赖腰，他又感到无聊了，尝试构思着以后要用到的歌词：

我们闲下来盯着雏菊
教练居然还是神经病
狼獾队要坐在一起
一起……啊！

度日如年，泡椒开始听起时钟的滴答声，还有他自己的呼吸声。它们似乎都落入一种极其单调的节奏里。泡椒想撒开欢地奔跑，大喊大叫大笑。这些难道不是他来费尔伍德的目的吗？现在的氛围太安静，如果一直是这样，泡椒多一分钟都待不下去，他身体两侧的双手在抖动着。就在泡椒马上要放弃的时候，巫兹纳德打破了这份沉默。

"身体的哪部分先动？"巫兹纳德问，"如果你在防守，对手攻过来的话，身体的哪部分会行动？"

"他们的脚？"泡椒下意识地回答道。终于能说点什么了，让他感到很放松。

"脚是很有欺骗性的。"巫兹纳德回答,"但脚绝对不会先动。"

泡椒颓然坐着,他之前就知道脚有欺骗性,只是在说出来之前没太过脑……

跟他在每次投篮前不喜欢思考有点像。为什么会这样呢?为什么做事情总是显得这么没有规划?

"最先动的是脑子。防守人必须决定接下来要做什么。"巫兹纳德说。

泡椒不屑地说:"那么我们应该去读他的脑子?"

"这也是一种办法。但更确切地说,你们应该去读懂他的想法。"

"我不太明白。"泡椒说。

"当你能预判到你的对手要做什么,你就能击败他。"

泡椒有点生气。为什么巫兹纳德总是说一些似是而非的话?

"我们要怎么才能弄明白呢?"泡椒问道。

"很简单,看得多自然就明白了。为此,你需要多花时间。"

"怎样才能拥有更多时间?"雨神问。

巫兹纳德把花捡起来,放入他的背包里:"看着花朵长大就行。把水壶放一边去吧。今天还有一堂课。"

泡椒生气地搓搓自己的额头。他感觉自己的脑袋很累,似乎跟身体一样跑了好多圈。人们不会像这样说话,他们也不会盯着花看,或者尝试着把时间变慢。

或许这就是问题所在。

"你能不能像一个正常人那样把话大声说出来?"泡椒愤恨地

想着。

巫兹纳德设置了一个障碍训练，全队排成一列，看起来好像挺简单的。

接着泡椒的手突然消失了。他盯着自己的手腕，断面跟桌面一样光滑平整。

"什么……跑哪去了……我要怎么……？"泡椒小声念叨着，戳了戳断肢。

没有任何疼痛，也没有什么感觉，就好像他的右手从来没有存在过一样。

你的左手还存在吧？

"发生了什么？"壮翰说。

"为了训练平衡，大家继续吧。"巫兹纳德说道。

拉布冲出队列。泡椒太了解他的情绪变化了：涨红脸，雀斑显现，眉头挤成了个V字形，甩着手。拉布又在大发脾气。但是为什么呢？拉布两只手还在。

拉布喊道："不！这太夸张了。其他发生的事情……还好……但这件事简直糟糕透了！"拉布冲到板凳席，然后回过头来说，"快把我的手还给我，你这个怪人做的好事！"

泡椒不明白他到底在说什么。拉布的两只手没有消失啊，好端端地紧紧连在手臂上。

"如果有人无故脱离训练，他们将会永久被球队除名。"巫兹纳德不急不慢地说出这句话，并且在结尾处还加重了语气，意思很清楚了。

拉布转向泡椒，泡椒可以很清楚地看到拉布脸上的恐惧。泡椒想去安慰安慰他,做一个有担当的大哥哥。但是很明显,拉布的右手还在啊……实际上,泡椒理解不了为什么每个人看起来都这么烦躁不安。

明明他才是那个唯一失去一只手的人。

"我能看到你的手。"泡椒用左手指了指拉布的手说,"它就在那里啊。"

拉布举起他的右手,不相信地说:"没有,它不在这里,我是唯一一个失去手的人!"

泡椒意识到:"这都是幻觉,我们看不见自己的手。"

泡椒试着镇定下来。这不过又是魔法罢了……或是格拉纳,随便巫兹纳德怎么称呼它吧。跟之前的那些画面和会移动的地板相比,也没有什么不同。泡椒尽量不去一直摇他的手腕。

拉布摇了摇头说:"这不可能。"

"众所周知,可能或不可能,其实非常主观。"巫兹纳德回答道,"大家可以开始了吗?"

拉布再一次看向泡椒,很明显,他希望泡椒支持他。

"那快开始吧。"泡椒说。

拉布气得发抖,无奈回到队列里。雨神排在队伍的第一个,他用左手把球拿起,尝试运了几下。不太开心地最后看了看巫兹纳德,然后开始绕障碍上篮训练。大约30秒后混乱开始出现。

虽然泡椒知道自己的左手不如右手好用,但他现在才意识到,左手基本上是什么也不会。

泡椒丢了一记上篮,在绕锥桶时运丢好几次球,拿球直接撞到杆上,传球训练中,传出的球跟站立式篮筐差了大概10英尺(约3米)——直接打中阿墙的背上,阿墙气死了——他在肘区投

第三章 倒计时 | CHAPTER THREE: THE COUNTING GAME

篮居然投出三不沾。

当泡椒把球传回给队伍排头球员时，他依然传丢了，还让竹竿不得不追球追到了观众席。

泡椒厌恶地瞪着他的左手。他怎么会一直都忽略掉锻炼左手呢？

球馆突然间安静下来。熟悉的感觉回到泡椒的手腕处，他意识到右手回来了。他松了口气，随即开始找拉布在哪儿，但是发现费尔伍德球馆空无一人。

泡椒叹气道："不会吧，又来了。"

寂静中传来一声巨响：低沉的轰隆声有点不祥的预兆，远方雷雨交加。

一秒后，球馆的大门突然被撞开，大量的水喷涌而入，像河水决堤似的翻腾冲刷进来。水流到泡椒脚的位置，很快就铺满了整个球馆。泡椒惊恐地四处逃窜。

"救我！"泡椒哭着喊道，水继续流着，逐渐漫过他的脚踝，"巫兹纳德你在哪儿？"

泡椒尝试用手挡着涌进来的水，侧身逃到大门附近，但水位已经上涨到他肚子了。泡椒突然感到水的方向在变化，回头看了看，他发现球馆后面的另外一扇门已经被打开，水从后门往外流。他皱了皱眉头，那里好像有什么东西——一些画面不断闪现，像在黑暗中拍下的照片一样出现又消失。

泡椒的家、他的床铺、他的邻里街坊们，都是熟悉的东西，让人安心。

就在泡椒随波飘向后门的时候，他转动肩膀回身看了眼大门，他在那里看到了一些画面。画面闪现，他拿着一个黑色花岗岩材质的奖杯,走在一条昏暗的巷子里,出手投篮,球没有进,球进了的——画面不断切换,跟新闻纪录片一样。水位继续上涨,泡椒又看见了那个奖杯。

"随波逐流,这条路容易很多。"一个熟悉的声音传来。

泡椒感到水流在加速流动,把他拽向后门。他挣扎着保持身体的平衡,看到巫兹纳德就站在附近,水从他宽大的身体两侧流过,然后在他身后重新汇聚到一起。

巫兹纳德说:"一个更简单的选择,水总是往阻力小的地方去,人也一样。"

"到底怎么回事?"泡椒大喊,水逐渐漫到他的脖子。

"你能看到未来的不确定性吗?"

"我能!"泡椒大叫,尽量让嘴巴在水位上。

泡椒以前从来没有游过泳——他不知道怎么游泳。泡椒的手在水里乱挥乱舞,身体扭来扭去,脚不断踢着。

"荣誉和伤痛,两者都有,或者只有其一,你想走这条路吗?这条路可不太好走。"

泡椒死命地把嘴巴伸出水面,呼吸些许空气,大喊:"我要走!"

"那就走吧,游起来。"

水流太急,泡椒的脚够不到地板,水位太高了,他根本站不住。泡椒挣扎地前进,挥舞着手臂对抗水流,疯狂地踢打,他的手臂很快就受不了了,脚也是。

泡椒做不到,他根本不够强壮,只能任由水淹没他。

巨浪带动着泡椒的身体,他被后门整个吞没了。

随后,泡椒又一个人站在球场中央。大水消失了,地板上没有任何浸湿的痕迹。

"我记得你说,你决定好了要走这条路?"巫兹纳德说道。

泡椒累得俯下身,双手撑着膝盖说:"这……这真的太难了。"

"现在你知道为什么你会忽略左手了,谁都想走更轻松的路,就连每天做出的那些决定也一样。人们喜欢使用他们的惯用手,因为用起来简单很多。他们只是随波逐流而已——在任何事上都是这样。你得给队友们展示更艰难的那条路,推着大家前进才行。"

"要怎么做?"泡椒没有退缩。

巫兹纳德笑着说:"以身作则。"

队员们突然又出现了,所有人都弯着腰在那喘着粗气。泡椒环顾四周,发现障碍训练的器具全都挪走了。巫兹纳德正面无表情地走向临近的一面墙。

"他应该知道那里没有门,对吧?"泡椒嘀咕道。

球馆的灯泡瞬间迸发出炙热明亮的白光,又迅速熄灭,所有队员处于黑暗之中。一阵强风刮进球馆,谁也不知道风从哪里进来的。在泡椒挪动脚步前,风停了,天花板上的灯再次亮起,而巫兹纳德早已不见了踪影。

泡椒盯着砖墙看。

拉布是对的,他这样做太过分了。泡椒差点就淹死,还失去一只手,谁知道接下来还会有什么事发生。巫兹纳德说泡椒只是选择了一条更轻松的路而已,他算什么呢?关于泡椒的家庭,他又了解多少呢?巫兹纳德凭什么说泡椒是一个逃兵?他根本不知道泡椒每天晚上多么晚才睡,第二天要多么早起来。他不知道当泡椒的爸爸睡在沙发上时,泡椒正在给爸爸的午餐盒打包。他也不知道泡椒每天需要自己手洗校服。

想到这些,泡椒变得很愤怒,他才不需要被别人考核呢,他不想被其他人质疑。

或许是时候彻底摆脱巫兹纳德这个人了,弗雷迪可以辞退他。

而队里只有一个人,能有足够的威望带头呼吁这件事。

泡椒说:"好吧,雨神,我觉得是不是应该和弗雷迪聊聊?"

雨神此刻也在盯着那面墙,点点头说:"是时候炒掉巫兹纳德了。"

"苦日子终于到头。"维恩说。

"巫兹纳德才刚开始执教……"雷吉说。

泡椒大步走向板凳席,无视接下来身后发生的那些争吵。他快虚脱了,之前在水里游泳的感觉是如此真实——在冰冷刺骨的水里扑腾。

泡椒心里有一小部分知道他自己为什么会如此烦躁,他放弃得太快了,他在水中只是随波逐流而已。

泡椒本应该做一个强大的人,一个可以撑起整个家庭的人,一个可以让拉布仰望的人。但他真的已经足够强大了吗?或者泡椒只是假装一切都很好,因为总好过承认一切并不太好?泡椒低头看着自己的双手——左边的手,无力,平衡感差;右边的手,依然不在。

以身作则。

泡椒感觉自己的左手在颤抖。

领导他人的办法有很多种。

"让我一个人静一静!"泡椒想着。

有一些人,在开始的时候就允许自己软弱。

争斗

如果你能把矛盾放一边，
你就能知道谁最需要你的帮助。

◆ 巫兹纳德箴言 ◆

第二天早上,泡椒慢悠悠地把鞋带穿过鞋扣,速度几乎像冰山一样慢。他怎么也想不到,用一只手系鞋带会有什么问题。实际上,这样系鞋带基本上是不可能的。在泡椒成功把一条鞋带穿过鞋扣,并准备扎紧时,拉布又失败了一次,正准备重新开始。拉布整晚都在抱怨他的非惯用手有多难用。

"我现在很讨厌你。"拉布对着球鞋说道。

鞋带从泡椒手中滑了出来,他叹了口气说:"我们今天就把手拿回来。"

泡椒再一次把鞋带捡起来,他好像对失去一只手这件事,一点也不激动,甚至在刚开始的情绪低落之后,泡椒逐渐意识到,似乎有什么事是可以顺便掌握的。现在泡椒被迫使用自己的左手,他意识到不止是在打篮球的时候有点麻烦,吃饭、洗澡的时候,刷牙的时候 —— 都很糟糕,而且难度很大。如果他连左手刷牙都完成不了,他又怎么能在比赛中用到它呢?这是很简单的事情,但是他从来都没有认认真真地想过。

但是泡椒的弟弟拉布就只会怨天尤人。他故意把东西洒出来，还抱怨给他们的爸爸听，尽管爸爸已经非常困惑而疲惫了。这样的做法真让人讨厌。

泡椒对拉布的态度越来越感到不满，他闷闷不乐，愤世嫉俗，还特别容易生气。每过一周，他的情况似乎都变得越来越糟糕。两个人都失去了他们的妈妈，为什么拉布不能坚强一点呢？

鞋带再一次在泡椒的左手操作下从鞋扣中滑了出来，他叹了口气，向后靠了靠，脑袋里想着关于巫兹纳德的事。泡椒之前提过建议要裁了巫兹纳德，那个时候建议听起来似乎没错，但现在来说……他不是很确定。泡椒意识到这跟消失的手、涌进来的水流或其他事情关系都不大，真正有关系的，是能学到更深层次的东西。队员们穷其一生，都在给自己设一些条条框框去禁锢自己，是巫兹纳德让队员们看到并明白了这些。

那个想法一直在困扰着泡椒，他不知道要怎么面对那些更深沉的感受。

"你怎么对这件事这么无所谓？"拉布言辞犀利地问。

泡椒转身面对拉布说："你想要我怎么做？拉布，这是魔法的力量。"

"魔法不应该存在，记得我说过的吗？"

"好吧，确实不应该存在，但我还是觉得有点酷，除了把手变没了这件事，你不觉得吗？"

"你怎么说话跟小朋友一样。"

泡椒的脾气终于憋住不了，他不经常生气，尽管他有一个火辣的外号——泡椒自认为是一个更冷静更成熟的大哥。好吧……正常情况下是这样的。

第四章 争斗 | CHAPTER FOUR: THE FIGHT

"你听起来就像是一个爱发牢骚的老头。"泡椒抢话道,"你只会抱怨,你抱怨起得太早,你在家无聊地走来走去,你还不吃我做的饭,你再也不去海德那里玩了,你似乎也不想打球了。你现在到底怎么了?"

拉布往后缩了缩,就好像被打了一巴掌似的,有好一会儿,泡椒认为他的弟弟可能会号啕大哭。泡椒正准备道个歉,但拉布和泡椒的脾气如出一辙。

"我好着呢。"拉布怒吼道,"只不过我的哥哥是个大白痴。一个愚蠢的、软弱的、自以为是的……大白痴!离我远一点!"

"没问题!"泡椒说道,一屁股滑到了板凳最远端。

球馆里目前只有雷吉、竹竿和德文在,如果他们真听到两人的谈话,他们也会当作没有听到的。泡椒继续把注意力放回到他的球鞋上,他的脸颊有点热热的。他或许应该什么都不说才是,但那些都是事实:泡椒非常不喜欢拉布在家里晃来晃去的,也不喜欢一大清早去把拉布从被窝里拽出来。泡椒怀念以前的拉布——那个真实的弟弟,那个从小和自己一起长大的家伙。泡椒的手停下,放任鞋带不管,脑海中的困惑愈发清晰。确实,泡椒怀念他的弟弟,但怎么会这样呢?

现在你问了一个只有领袖才会问的问题。

"我才不是什么领袖。"泡椒生气地想着。

直到你开始站出来对抗激流,你就成了领袖。

"不要再烦我了!"泡椒想。

泡椒解决完了所有鞋带——大部分就只是随意地缠在一

起 —— 然后起身练习投篮。通常情况下，投篮训练可以让他不要胡思乱想，但显然今天不奏效。泡椒今天怎么也投不进一个，不论是三分球还是罚球，甚至是最简单的上篮都进不了。他的左手僵硬得像一块砖头。

泡椒又坐下来，心烦意乱地想着拉布的态度和自己笨拙的左手。他当然不会对那些反常的事视而不见，只是当拉布每次看向他时，他都尽量回以一个勉强的微笑。拉布瞪了他一眼。

雨神和弗雷迪是最后才到的。泡椒可以看得出来弗雷迪很慌张：他把手插在口袋里，摇摇晃晃地走着，就像要去校长办公室一样。泡椒之前提过的建议 —— 看起来就要实现了。

但是泡椒真的想清楚了吗？

泡椒低头看着自己消失的手，他决定再次随波逐流，走更简单的路了吗？

"早上好啊，队员们，大家感觉怎么样？"弗雷迪说道。

"很差。"杰罗姆说道，指了指他自己的右手 —— 正稳稳地放在他的膝盖上。

弗雷迪顺着杰罗姆的目光看去，完全懵了，嘀咕了句："右手……"

泡椒注意到拉布的眼神有点涣散，他不再系鞋带，只是呆呆地看着很远的那堵墙。泡椒奇怪地皱起眉头，在拉布面前打了个响指，对方什么反应都没有。他随着拉布的目光看向远处的墙壁，有一瞬间，他看到了什么：光影交替切换，画面流动如水。泡椒眯起眼睛，试着搞清楚他到底看到了什么。远处墙上的光影形状千变万化，泡椒看得着了迷，全然不顾周围人在说着什么。

"你在这些球队打过球吗，弗雷迪？"

第四章 争斗 | CHAPTER FOUR: THE FIGHT

泡椒吓了一跳，转身看向后面，巫兹纳德正抬头看着球馆里的那些冠军旗帜。

"怎么……从哪里……？"弗雷迪结巴地问。

"我猜你还是太年轻了，已经好长时间了。"巫兹纳德想了想说。

巫兹纳德朝向全队，三步并作两步地走到弗雷迪面前问他："找我有什么事吗？"

他紧紧握着弗雷迪的手，随后转身看向泡椒，球馆突然消失了。

泡椒发现自己正站在一处湖边，湖岸上到处是淤泥。这片湖位于山谷中间的位置，四周都是悬崖峭壁，山上白雪皑皑。他俯下身，把手指伸入冰凉的湖水——他这么多年来还从来没见过这么纯净的东西。泡椒想起他妈妈以前的那片小花圃，要是妈妈能有这些纯净的水，说不定她的那些植物能活下来并长大。

说不定妈妈也会在这里。

"你看到了吗？看到那艘船了吗？"

泡椒抬起头往前看，湖的中心有一艘小船，小船外面是原木做的，不过没有桨，看起来似乎正在下沉。

"缓慢地在进水。"巫兹纳德若有所思地说着，"除非你进到船里，要不然你几乎发现不了。"

泡椒站起来，看着巫兹纳德说："是不是弗雷迪……"

"解雇我？没有，我现在只是担心我们有太多的事要做。"

"哦，关于这件事，对不起。"

"你现在是烦躁还是如释重负？"巫兹纳德问道。

泡椒嗫嚅道："我猜两者都有吧。"

泡椒突然感到一阵尴尬，不是因为他想过要让巫兹纳德离开，而是因为他要这么做的原因。原因就是泡椒害怕面对。他羞愧地盯着那艘正在下沉的小船。

"诚实是我们战胜恐惧的第一步。"巫兹纳德赞许地说道。

泡椒突然看到有什么在动，"船里有人。"

"是的。"

"谁？"

"你必须自己去找答案，但要抓紧时间。"巫兹纳德说。

费尔伍德球馆再次在泡椒周围出现，他看到大门砰的一声关上了。弗雷迪已经离开，队员们都围在泡椒身边，大家看起来紧张兮兮的。拉布似乎已经从呆滞的状态中脱离出来了。

泡椒皱起眉头。他错过什么吗？难道巫兹纳德成功地把弗雷迪搞定了？到底是谁在那艘船上呢？

"今天主要练习防守。"巫兹纳德说，"但在教大家站位、防守策略之前，必须先告诉大家，如何成为一名防守者。这两堂课不是一回事。"

泡椒仍然在思考巫兹纳德的话是什么意思，突然，他听到什么东西在刮墙。泡椒之前听过这种声音：费尔伍德球馆的老鼠泛滥。他的家里也有老鼠——少有的能在波堕姆存活下来的动物之一。泡椒可怜它们，几乎每天晚上都会给老鼠们喂一点面包屑吃。但现在听到的声音，可不是老鼠发出的。刮擦声尖锐刺耳又力量十足，像是锯子在钢铁上锯一样。

"防守者必须具备怎样的素质？"巫兹纳德问道，不去理会刺耳的声音。

"唔……需要防守者等待……这个问题是什么来着？"泡椒

第四章 争斗 | CHAPTER FOUR: THE FIGHT

说道，还在东张西望地到处看。

"一个合格的防守者通常需要做什么？"

"好吧。"泡椒不假思索地说"嗯……站对位置？"

刮擦声变得越来越大了。

"在那之前？"巫兹纳德说。

泡椒全身上下似乎都紧张起来。刮墙声太大了，根本无法让人思考别的事情。

"要时刻准备着。"巫兹纳德说，"他们必须随时准备着，一名防守者必须永远比他的对手快一步。他们必须提前思考，提前策划战略，他们必须随时准备移动。"

刮擦声已经接近极限了，吵得可怕。

"那是什么声音？"雨神问道。

"谁能去把更衣室的门打开吗？"巫兹纳德平静地说。

泡椒害怕得转过身去。刮擦声就是从更衣室传出来的。

泡椒啜嚅道："那里面有什么？"

"一个朋友。"巫兹纳德说。

竹竿突然跑到更衣室的那扇门边上。

"你在干什么？"泡椒小声地说。

"我想去看看那里到底有什么。"竹竿说着，他犹豫了下，做了个深呼吸，然后去把门拉开。

"真酷。"泡椒悄声嘀咕道。

一头巨大的老虎迈步踱进球馆。被老虎震惊之余，泡椒可知道它的厉害，于是赶紧跑到阿墙身后躲着，让他充当了一回人墙。壮翰比泡椒更夸张：他哭喊着冲到球场的另一边。但老虎似乎不为所动，它只是慢慢地从球队身边经过，然后在巫兹纳德的身边坐了下来。一双紫金色的眼睛在球员和教练之间来回打量着。泡椒发誓绝对看到这个大家伙在朝自己微笑。

"来见见卡罗吧。"巫兹纳德说道。他用手抚摸老虎浓密的毛，卡罗像一只巨型的家猫那样发出咕噜噜的声音。"感谢她今天自愿来帮我们。"

"可那是……那是……"阿墙结结巴巴地说。

"一头老虎。"泡椒打断说道，"据说是自然界最完美的食肉动物之一，善于偷袭的猎食者——它们可以悄悄潜伏靠近，然后突然跳到9米多远外的猎物身上。

"完美。"阿墙小声说。

"雨神，往前走一步。"巫兹纳德说道。

泡椒惊慌地回身看向雨神。难道巫兹纳德要把雨神喂给老虎吗？是因为解雇的事责罚雨神吗？泡椒紧张地咬起了指甲，解雇那件事准确地说是他的主意，他应该把事实说出来吗？

雨神呆住："嗯？"

巫兹纳德拿起一颗球，上面印着一个蓝白色的大写W，大家现在已经很熟悉了。他把球滚到场地中央，篮球不偏不倚地刚好停在黑色的标记处。

"我不喜欢这样。"泡椒说。

"老虎的食物。"维恩面无表情地说了句。

巫兹纳德说："训练内容很简单，把球拿起来，老虎卡罗防守。我们一个一个轮流来。我想让每个人都看好了，把看到的一切都好好记下来。"

雨神难以置信地看着巫兹纳德说："什么？我才不会靠近那个东西。"

第四章 争斗 | CHAPTER FOUR: THE FIGHT

卡罗的眼神闪过一丝愠怒，泡椒吓得又往后退了退。

"或许也可以别叫她'东西'。"泡椒小声建议。

卡罗开始来回走动，展示她令人生畏的肌肉。她走起路来丝般柔滑，优雅，踏在木地板上的每一步都无声无息。

"是的，老虎马上就要杀死雨神了。"泡椒想着。

雨神也确实有同样的想法，他急忙说道"好吧，我懂了，对不起，我们不应该让弗雷迪炒掉你。"

"我们？"雷吉说。

"这不是惩罚，是练习。把球拿来。"

"但……"雨神开口说。

"真正的防守者一定要像老虎。第一个拿球进攻的人，就能把自己的手赢回来。"

泡椒瞥了眼巫兹纳德，他已经说了泡椒可以赢回他的手。于是泡椒做了个深呼吸，尽量把全身的勇气都聚集起来。或许这次是他的一个好机会。

雨神站起来面对老虎，在两种选择中摇摆不定：是被人认为像一个懦夫那样逃走，还是勇于面对可能被咬伤或者死亡。泡椒觉得这是一个很简单的选择，但雨神可不这么认为。巫兹纳德已经强调了，如果有任何人胆敢擅自离开训练营，他们将会被球队除名。巫兹纳德看起来似乎不是在吓唬他们，这有点麻烦。

没有雨神，就没有狼獾。如果他离开，球队很有可能就完蛋了。泡椒连想都不敢想，生命中要是没有了篮球会怎么样。泡椒有可能加入另外一支队吗？东波堕姆盗贼队会收留他吗？泡椒加入宿敌的想法，顿时让自己全身起鸡皮疙瘩。那么他就不得不去给里奥打替补了？

"去吧,雨神,去把球拿回来。"泡椒想着。

几乎在这个时候,雨神挪动他的脚。他很快,但卡罗更快。一道橘色闪过,她扑倒雨神身上,硕大的爪子搭在雨神的双肩。雨神一动不动,一股内疚和恐惧涌上泡椒心头。

"老虎把他杀了!"泡椒喊了出来,声调比预想的高得多。

"我没事儿。"雨神小声说,从地上爬起来,"她没伤到我。"

泡椒松了口气,颓然坐了下来。

"叫得很响亮。"阿墙说道。

"闭嘴。"

"该德文了。"巫兹纳德说。

泡椒是第四个上去挑战的。雨神、德文、维恩好像都没受什么伤,成功在挑战中活了下来,所以泡椒鼓起勇气往前站了站,全身大汗淋漓。卡罗看着泡椒,就像看着一头美味的瞪羚安静地在河边饮水一样。泡椒觉得此刻的自己就是一头瞪羚。

"请不要吃我。"泡椒低声说道,"我吃起来口感很差的,我平常最喜欢吃辛辣的食物。"

卡罗笑了笑,露出她长长的獠牙。

"好像没有什么用。"泡椒说。他踮起脚来跳了跳,试着去给自己打气。"拿到球,赢回手,小菜一碟,没问题的,我可以的,我是天子骄子,我是……"泡椒说道。

"快上吧。"维恩无可奈何地说。

泡椒先用一个经典的双假动作——右边、左边、右边——但卡罗不为所动。他感到自己撞上了什么,接着就躺在地板上,睁眼看到许多可怕的牙齿在面前。泡椒闭上双眼,他只感觉到一条舌头在他的脸上舔来舔去,舌面粗糙,带着肉刺,随后卡罗退了

第四章 争斗 | CHAPTER FOUR: THE FIGHT

开来。

泡脚喃喃道："我死了吗？"

"还没呢。"巫兹纳德说，听不出一丝安慰。

泡椒的弟弟是下一个，当拉布也体会到被卡罗的舌头舔舐的时候，泡椒在旁边令人反感地大笑起来。最近拉布脾气这么古怪，正好是对他的惩罚。

"好像你做得更好似的。"拉布怒吼道。

"我确实更好，而且，我也没有像树叶颤抖不已。"泡椒说。

拉布双臂交叉在胸前说："树叶才不会颤抖呢。"

泡椒生气地说："这就是一个常见的表达方式罢了。"

"你才是一种常见的表达方式。"拉布插话道。

"成熟点吧。"

"为什么……那样我就可以成为像你一样的失败者吗？"拉布说。

"我可是实打实地比你大一岁。"

"但球技却远逊三岁。"拉布回答道。

这个说法很伤人。泡椒阴沉地瞪了他一眼，随后转身离开，脸上感觉火辣辣的。两兄弟平常对这些事都可以开玩笑，但是当拉布认真说的时候，情况就不同了。特别是这件事还让人无法反驳。拉布有更好的潜力。泡椒能谈论一场伟大的比赛，但是拉布身高更高，有着更好的运动能力，在投射方面也有机会冲击更高级别比赛。泡椒面对的困难要多得多，这经常让他在晚上彻夜难眠。

卡罗把狼獾球员一个接一个扑倒。当轮到壮翰时，壮翰不停摇着头。不管球队其他人怎么鼓励他，壮翰双手抱胸，表示拒绝。

随后竹竿决定开口劝劝他，这真是一个极其糟糕的决定。

"我就是想帮帮你……"竹竿说。

泡椒挠挠自己的额头。竟然在这个时候，竹竿站出来说话？泡椒已经看到壮翰整个人绷得紧紧的——左手握紧成拳头，胸部上下起伏，看来要有麻烦了。

"别火儿啊，哥们儿。"泡椒说，"大家都是一个球队的，忘了？"

"你现在觉得自己特别厉害是吧？"壮翰问道。

"我没有别的意思，看着你挺需要帮助的。"竹竿说。

这句话彻底激怒了壮翰，他一把将竹竿推开，竹竿重重地向后跌倒在地。壮翰上前几步，很明显，他准备要追上去，把对方打成肉泥为止。泡椒在那一刻愣住，他是全队最矮的球员，也是全队最不应该掺合进去的人。但之前巫兹纳德告诉过他，让他去帮助别的球员，泡椒不敢想象自己在看到竹竿变成肉饼后会无动于衷。于是，他大口深呼吸后，奋力扑到壮翰的背上，用"熊抱"将壮翰的手脚锁住。壮翰不断想往前冲，泡椒紧咬牙关，用尽全力去阻止他。

"别打了！"泡椒大声叫道。

阿墙和杰罗姆每个人都抓着壮翰的一只胳膊——泡椒不得不被壮翰拖着一路往前走。愤怒使壮翰整个身体都在颤抖，唾沫像洒水车一样喷出来。泡椒试着锁得更紧一些，但他的功能也就比一个背包大点有限。

"你知道训练之后我去哪儿吗？"壮翰说道，"去打工，打两份工，就这样，我们穷人还是还不起账单。因为交不起电费，整整一个星期都摸黑过日子，你经历过吗？"

泡椒皱了皱眉头,他也没尝过那种滋味。球队里的大多数人家境都不太好,但泡椒之前以为只有阿墙在工作。尽管泡椒家里有很多困难要面对,他的爸爸从来没让家里的灯熄灭过。泡椒以前觉得他和拉布的生活和其他人一样糟糕,很明显,他错了。

"我……"竹竿正要说话。

"这就是我全部生活,但是你把它夺走了!"壮翰大吼。

壮翰的声音听上去在哭,泡椒从未见过他掉眼泪。

"谁来首发是弗雷迪定的,就是战术安排啊……"竹竿说。

壮翰气得更来劲了,泡椒知道,就算阿墙和杰罗姆一起帮忙,合他自己三人之力也拉不住壮翰。

"竹竿,快跑!"泡椒说道。

壮翰眼看就要追上竹竿了——泡椒像一个背包一样仍然挂在他的背上,同时阿墙和杰罗姆正拽住壮翰的手臂——突然,他们前进的动作戛然而止。一只巨手抓在壮翰的肩膀上,像工地上的起重机那样把四个人举起脱离地面。阿墙和杰罗姆马上松开手掉落下来,但泡椒抱得实在太紧了,直到巫兹纳德把泡椒和壮翰转过来面对自己时,泡椒才把眼睛睁开。

"你知道自己为什么生气吗?"巫兹纳德问。

壮翰奋力挣扎了一会儿,但无济于事。

"你知道吗?"巫兹纳德问。

"因为他碍我事了!"壮翰说道。

"因为你害怕了。"

巫兹纳德把壮翰放下,泡椒也跳下来,松了口气。泡椒拍了拍肩上的灰尘,把胸膛挺得老高,惹来队里几个队友的嘲笑。

"你真是一个白痴。"拉布低声说。

"你指的应该是英雄吧？"泡椒说。

"恐惧滋生愤怒、滋生暴力。"巫兹纳德说："恐惧替你做选择，恐惧永无止境，但我看重诚实。这一次的暴力行为，我原谅你了。"

壮翰怒吼道："我不干了，这训练傻透了，我不干了。"

"你知道离开的后果是什么。"

壮翰打开自己的背包说："我不在乎。"

"去更衣室待10分钟。"

壮翰愣住，回身看向巫兹纳德说"什么？"

"去更衣室看看自己的镜像，看10分钟。仔细问问自己，然后再做决定。"

壮翰停了一会儿，好像要反驳什么，接着他起身冲进更衣室，重重地把门摔上，墙壁都震动起来。更衣室的这扇门今天可不太好过。

泡椒盯着那扇门看了一会儿，全然不顾周围人接下来在说什么。他对壮翰所说的打两份工、没钱付电费，或者其他任何关于壮翰的事都一无所知。泡椒只知道壮翰是一个大嘴巴。他从壮翰的声音里听出了裂缝，当他趴在壮翰背上的时候，也感受到了他身体的颤抖。对于壮翰所说的"你把它夺走了"那句话，泡椒感同身受。当然，壮翰出生在波堕姆最穷困的社区，他的家庭早已破裂。壮翰想用打篮球这个方式让他的家人离开波堕姆，而之后竹竿来了，夺走壮翰首发的位置。这就是为什么壮翰会讨厌竹竿。泡椒挠了挠额头，他还有什么事没考虑到吗？

继续把围墙打破。

泡椒低下头看，他的手又回来了，他赶紧把手揣在怀里。球馆里顿时充满了欢呼声，泡椒转身和维恩击掌，然后再次和曾经失去的右手来了个拥抱。

"右手小宝贝。"他说，"绝对不要再离开我了。"

"为什么你们过不了她？"巫兹纳德问所有队员。

"因为她是一头老虎。"泡椒嘀嘀咕咕地说道，摆弄着自己的手指，眼神和队伍另一边的拉布对上，拉布立马转了开去。

巫兹纳德说了一些关于反应力的事，然后在竹竿的额头上轻轻弹了一下。

"反应力是天生的、你与生俱来的东西。"泡椒说道。

"我们每个人生下来都有双腿，但是我们还是要学习怎么去跑步。"巫兹纳德回答，转向泡椒说，"你的反应是可以被训练的，反应是一种直接的，无须思考的与大脑有关的运动。反射弧是你神经的意识和敏捷性的体现。这是可以被训练的。训练可以让你的大脑随时保持戒备，永远。"

"我的大脑一直都准备得很好。"泡椒说，"我更担心的是他们。"他朝队友们的方向点了点头。

泡椒几乎看不清巫兹纳德的手指在移动，便被对方在双眼之间轻弹了下。

泡椒停了会说："我想收回我说的话。"

"那是什么？"杰罗姆突然发问道。

泡椒随着杰罗姆的目光看去，整个人僵住了，全身血液瞬间凝固。一个黑色的球正飘浮在球馆的中央。泡椒看着它一直在移动，像一滴油悬浮在水里一样。

"那……那是什么？"泡椒目瞪口呆地说。

巫兹纳德说："这是个你们想要抓住的东西，不，这是你们必须抓住的东西。我们可以称呼它为试炼之球，谁抓住了它，就能成为更好的球员。但它不会一直持续在这儿，如果没有人能抓得住。大家就跑圈。"巫兹纳德点了点头。"开始"！"

泡椒加入抓捕行动。那个球在队员之间绕来绕去，没有人能碰到它。有两次泡椒差一点就抓到它了，当泡椒正要弯曲手指抓下的时候，黑球瞬间就闪远了。大家四处飞奔，乱成一团，失望地大喊大叫，这时卡罗突然像一发导弹一样腾空而起，一口吞下那个黑球，脸带笑意地坐了下来。

"这才是好防守。"巫兹纳德说道，"喝点儿水，然后跑圈，罚球。"

泡椒叹了口气说："我最喜欢的来了。"

跑圈再次开始，每次折返的时候，地板都在变换着角度。泡椒错失了罚球，这时一个冷酷的声音在耳边响起，他吓了一跳："记得吗？泡椒，这孩子到底怎么回事？"全队一直在跑，足足跑了45圈，耗光了大家的力气，直到竹竿终于罚进一球，跑圈才结束。

泡椒快要虚脱了："这一点都不酷。"他把双手撑在膝盖上。

"这才刚刚开始。"巫兹纳德说。

"刚开始？我都要晕倒了。"拉布怀疑地问道。

"明天我们练习集体防守，今晚大家好好休息。"巫兹纳德说。

边说着话，巫兹纳德边和卡罗一起走向大门的方向。

泡椒看着他们正要离开，皱起眉头说："你……你要把老虎带走？"

跟往常一样，巫兹纳德没有理他。大门突然被打开，刮进来

第四章 争斗 | CHAPTER FOUR: THE FIGHT

一阵冬天才有的寒风，他们快步走到外面的暖阳下。如果泡椒没看错的话，巫兹纳德和卡罗绝对是边聊天边走出去的。

"他可真该学学怎么跟大家说再见。"泡椒抱怨了一句。

他径直走向板凳席，几乎蔫了似的一屁股坐下来，泡椒觉得自己就像一块抹布。当他给自己的篮球鞋解鞋带时，庆幸还有一双手可以用，泡椒无奈地摇了摇头。

他说："今天我们可是和老虎一起训练了。"

杰罗姆第一个笑了起来，从他开始，很快笑声感染了一个又一个人，全队都在欢乐的海洋里，也包括泡椒。他全身酸痛，球队的训练实在是太荒唐太奇怪了，很多事情都感觉不可能发生，泡椒除了拼上老命，似乎没有别的选择。他瞥了一眼拉布，发现他的弟弟此刻正眉头紧锁。

"来段说唱吧，泡椒。"杰罗姆说道。

泡椒挠了挠脖子，想着要唱些什么。

他提醒自己，只要不用"狼獾"这个词就行，然后编了一首歌。

> "We came to play ball
> but that ain't all
> We got a coach who's crazy
> don't know this team is lazy
> Big John don't run laps
> now he's about to collapse
> We got tigers chilling
> Twig's the villain
> and through it all
> Peño the man keeps his eye on the north wall."

打球才是唯一愿望
现实情况却走了样
新任教练真够疯狂
不知球队懒得够呛
壮翰平时从不跑圈
如今他已呼哧带喘
我们训练与虎为伴
竹竿才是首席坏蛋
不管外面风云变幻
泡椒只盯着北墙看

泡椒唱完后单手指着锦旗,弯曲另一只手,全队都大笑起来。

当泡椒正把他的球鞋放到包里时,他的弟弟拉布起身朝大门走去,泡椒愣住了。在最近几年一起训练的时间里,他们还从来没有分开回家过,这种情况几乎不可能发生,泡椒惊呆了。很明显,这次的吵架不同于他们以往任何一次的"普通拌嘴"。

但是为什么呢?只是因为泡椒说拉布是爱抱怨的人吗?这说不通啊。

就在拉布要把门推开时,他回头看了一眼。尽管泡椒没有刻意隐藏自己失望的表情,他的弟弟还是不管不顾地走了。门在拉布走后重重地关上,泡椒坐在那里,感到很不安。不知道怎么回事,他的脑海里突然出现了平静的湖面,还有那正在下沉的小船。

"拉布?"他嘀咕道。

⑤ 失败的路

如果你想成功，
就把你的劣势变成你的优势。

◆ 巫兹纳德箴言 ◆

第二天早上，泡椒回过头看他的弟弟，拉布正在他十步开外走着，脸非常臭。从昨天开始，他们就没跟对方讲过话，这件事其实还挺难的，因为他俩共用一间卧室，卧室的面积非常小。泡椒想过道个歉，也想过那艘停在湖上的小船，但是对他来说道歉还是挺难的，特别是当拉布时不时瞪着他，还阴阳怪气地说着一些话：

"……后仰投篮可不怎么样……"

"……胡子倒还蛮滑稽的……"

"……自由发挥……极其糟糕的……持续整晚的打鼾秀……"

泡椒放弃了，没有在早上叫醒对方。要知道，在过去3年里，叫醒拉布是泡椒每天要做的事之一。所以，拉布因此几乎赶不上早上的训练。拉布没有吃早饭，也没有用他们家那个水缸快速地冲一个冷水澡，出门时他看起来很疲惫，发型成了一个乱糟糟的莫西干头。

"这是他的报应。"泡椒想着。或许这样拉布才会感恩泡椒一直以来为他做的那些事。

不知怎么,泡椒有点怀疑拉布是故意这样做的,看起来更像是拉布在考虑趁泡椒不注意时绊倒他。

泡椒走进球馆的时候,故意没留门,两扇门在身后砰的一声关上,撞在松动的门框上。泡椒突然发现,费尔伍德球馆今天没位置了,如果可以这么说的话。

有一座城堡出现在球场上。

城堡是灰色的,像是由早已风化的石头砌成,外面围着足有10英尺(约3米)高的城墙。每个角都有坡道,可以从那里通往上面更大的一层,而更大那层则另有一条坡道,可以直通城堡正中间的那座高塔。高塔处,足以居高临下地俯视整座城堡,那里放着一座精英青年联赛全国冠军奖杯。泡椒整个人呆住了,他当然知道那座奖杯意味着什么,几乎每天晚上,他都会看着那张印有奖杯的照片,是他以前从一本杂志上撕下来的,现在还放在床边。

"泡椒,篮球对你来说意味着什么?"

泡椒尖叫一声,随即转过身去。巫兹纳德就站在大门口那里。

"哦,天哪……你可吓着我了。大家都去哪儿了?为什么这里会有座城堡?"

"篮球对你来说意味着什么?"巫兹纳德又问了一遍,"就这项运动而言,对你来说意味着什么?"

泡椒抬头看着巫兹纳德,想了想说:"意味着一切。"

"为什么?"

"我……我不知道,我爱打篮球,我一直都是这样。"

第五章 失败的路 | CHAPTER FIVE: THE WAY TO LOSE

"你最喜欢篮球运动的哪一部分？"

泡椒哑口无言，不知道怎么回事，他觉得自己正有意无意地看向板凳席，泡椒突然意识到，没和队友们在一起的感觉是多么奇怪和空虚。所以自然而然地，答案就呼之欲出了。

"友情。"泡椒轻声说道。

巫兹纳德随着泡椒目光瞧去，说："一个不错的回答，记得，当路的方向要改变时，提醒你的队友们。"

"什么路？"泡椒皱起眉头问道。

"一条你正在走的路。但是如果你要继续往前走，你就必须找到自己的力量才行。"

"我很强壮。"泡椒说。

巫兹纳德回答道："不对，你忘记了最坚强的人时刻都要谨记的事情。"

"那是什么？"

"有些时候，示弱也没有什么不好。"

泡椒捕捉到一些动静，他发现雷吉在那儿，于是问雷吉："我的弟弟在哪里？"

"他就在后面。"

泡椒无奈地摇了摇头，走到雷吉身边。巫兹纳德这次又在说什么呢？为什么一个坚强的人会示弱？这根本说不通啊。如果泡椒让自己放松下来，变得弱小，他就会让他的弟弟失望，他的爸爸失望，还有不知在何处看着自己的妈妈失望。所以他时刻都要表现得坚强才行。

果然，拉布随后进到球馆内，和巫兹纳德教授说着什么。泡椒疑惑地看着拉布，但拉布转过身去。泡椒始终不明白拉布为什么这么生气。无论如何,为什么要泡椒道歉?他是哥哥,他做的任何事都是为了拉布好。

当全队都到达球馆后,巫兹纳德招呼大家来到城堡上。

"今天我们来练习集体防守。"

"好比……区域防守?"泡椒疑惑地问道,他目光离不开那座高高在上的奖杯。

奖杯真漂亮——黑色的花岗岩奖杯镶嵌着金边装饰——足足有 3 英尺(约 0.91 米)高。获得过这座奖杯的球队名都被刻在两侧,里面并没有西波堕姆狼獾队的名字。

巫兹纳德说:"很快就练,首先还是要学习基本功。"

"比方说怎么抢城堡?"泡椒问道。

巫兹纳德拿起背包,快速地把它整个儿颠倒过来,朝下抖了抖。装备全部掉了出来——一堆头盔和防护垫。一半是红色的,一半是蓝色的。

"大家请一人拿一个吧。"巫兹纳德说,"把头盔戴得紧一点。"

泡椒随机捞起一个蓝色的头盔。他注意到,拉布很快拿起一个红色的头盔,然后对自己怒目而视。很明显,两兄弟要比一比了。在拉布一旁瞪着自己的时候,泡椒捡起一块蓝色防护垫。垫子又重又硬,泡椒幻想着自己拿垫子猛揍拉布的画面。

"也许我能把拉布揍得清醒一点。"泡椒想着。

当看到德文拿起的是红色的垫子时,泡椒脸上的笑容逐渐消失了。红队现在有德文、阿墙、雷吉和维恩——一支身体很好的队伍,就算把维恩排除在外,维恩也比泡椒高得多。蓝队很明显在体形上无法和红队对位:雨神和杰罗姆都很瘦,竹竿也是……好吧,一根竹竿。他们仅有的一个大个子是壮翰,但他可成不了一支队伍的核心人物。即便是这样的对位，德文似乎也不太想在比赛中过多使用自己的力量。泡椒之前希望德文能充分发挥自己的优势……只要不是在今天就行。他想着等下还要再找这个大块头聊一聊。

巫兹纳德说："游戏很简单，一支队伍向城堡进攻，另一支防守。哪支队伍用最短的时间拿到奖杯，哪支球队就算获胜。输掉的一方跑圈，赢的一方练习投篮。"

"你是怎么拿到冠军奖杯的？"泡椒问道，他的手指略微颤动，迫不及待地想去碰一碰那个黑色花岗岩奖杯。

"我借来的。"巫兹纳德说，似乎这个答案理所应当，"蓝队先防守。"

"所以……就是……我们就是用垫子互相推就行了？"拉布问道，"有可能并不是最强壮的那队获得胜利，对吧？"

巫兹纳德点点头说："这是一个好问题，你们有两分钟时间制订计划。"

雨神带着队友走到最近的一个坡道上，泡椒则在仔细检查周围紧密的堡垒结构——围墙很高很滑，所有那些坡道就是通向奖杯的路径。

当雨神在给大家布置任务时，泡椒边听边在脑海里演练稍后的场景。

泡椒问道："如果他们换人，我对上德文怎么办？"

雨神不耐烦地朝他挥了挥手说："我们需要谈一下。"

泡椒点点头，尽管还有些事使他感到不太安心。

"我可不愿意再跑两小时圈了，让我们赢下这次。"雨神说。

泡椒显然也不想去跑圈："动起来，伙计们！"

泡椒从其中一条坡道冲下来，卷起自己两边的袖子。他听到脚步声，发现雨神就紧跟在他身后。似乎雨神要先来给自己这边帮忙——很有可能，因为泡椒是全队最小的那一个。

泡椒看见拉布和红队一起站成一排，像一支整装待发的军队一样，朝向自己这个方向。

"这也太疯狂了，但的确很棒啊。"泡椒说。

"没错。"雨神说道，"我们可是在保卫城堡啊。"

"再来点盔甲，就非常像样了。"泡椒若有所思地说。

"开始！"巫兹纳德喊道。

泡椒所在下方的坡道突然变成木头做的，吱呀作响，泡椒惊呆了。城堡四周的地板塌陷下去，大量的水注入其中，变成一条像沼泽一样的沟渠。沟渠两边的木头逐渐延伸出四座桥，每座都通往一条坡道，坡道被粗糙的大石头围了起来。蓝色的旗子在城堡的四个角上竖起，在捉摸不定的风中飘扬，甚至泡椒全身的衣服也变成闪闪发光的铁甲，镶嵌着蓝色装饰物。泡椒低头看看自己，感到很惊讶。

"泡椒……"雨神说。

"没错，我看见了。"泡椒不动声色地回答道，"我的大嘴巴还是挺灵的。"

"进攻！"拉布吼道，伸出手臂的姿势就像一个中世纪的将军。

红队正如预期那样分散开来，维恩朝着泡椒和雨神的方向冲了过去，重重的靴子踏在桥上，响声如雷。泡椒蹲低一些，维恩则直接撞上了他。泡椒往后滑了数厘米，他的双腿像两根支柱一样撑着，无论如何，总算把位置给守住了。泡椒矮小，但他很有力量,特别是他的双腿,此刻泡椒知道自己一个人可以搞定维恩。

"祝你好运!"雨神说道,显然他和泡椒的想法是一致的。

维恩眯起双眼,用更大的力气往前推挤,这两个控球后卫就在那儿开始了力量的角逐,一时僵持不下。泡椒越过垫子往斜上方看去,给了维恩一个微笑。

"你永远也无法通过我这里,兄弟。"泡椒说道。

维恩回以一笑:"永远别说永远。"

维恩再一次往前使劲。泡椒可以听到周围有人在喊叫着,但他目前只能把注意力放到他自己的坡道上。他只能祈求其他队友还没被攻破。有脚步声靠近,泡椒看到远处的雷吉正冲过木桥,准备到维恩这边来帮忙。

"呃噢。"泡椒嘟囔了句。

雷吉在维恩背后用力推,他们开始把泡椒往坡道上面逼。

"我一人打两个!"泡椒大喊,尽力阻止对方前进。

泡椒的铁靴没有太多的抓地力,所以他往后滑的速度很快。泡椒用尽全身力气守护自己的位置,他可以听到自己的心脏剧烈跳动着。在泡椒快要被推出坡道时,雨神及时赶到,又一次,攻击势头被暂时遏制住。

"推!"雨神大吼,从泡椒身后用力往前推,帮助他把这条坡道守住。

他们逐渐把维恩和雷吉逼得后退,当进攻一方被迫退出坡道时,泡椒笑了起来。他可以凭借地势轻易地守住这条道,进攻者没有任何机会。

"阿墙刚刚走了!"有人在喊。

"拉布也是!"另一人喊道。

在雷吉笑着后退前,泡椒就觉得有点不对劲了。

"伙计们。"杰罗姆无力地叫了声。

"呃噢。"雨神嘀咕道。

泡椒甚至都没有机会挪动脚步,雨神就被德文、阿墙和拉布一起给推飞了。同一时间,雷吉和维恩再次攻到,把泡椒掀翻在地,他们从他的身上越过去,和其他人一起冲到最后的坡道那儿夺取奖杯。

泡椒筋疲力尽地躺在地板上,他之前就担心现在的这种情况会发生——红队联合起来着重攻击一个防守者。这是一个显而易见的策略,而蓝队却没有丝毫的准备应付它。泡椒叹了口气,慢慢起身。

"1分47秒。"巫兹纳德说道,他的声音在整个球馆扩散开来,就跟从扩音器里发出的一样,"蓝队,该你们进攻了,你们有两分钟准备时间。"

"来吧。"雨神说着,从最近的桥上穿过,朝板凳席的方向走去。

泡椒跟在他身后,不安地看着水里,水里面黄色的眼睛也在看着他。

"最好不要下水游泳。"泡椒向壮翰嘀咕道。

"你没必要告诉我。"壮翰说。

他们围成一团,快速地制订了一个计划。这项训练对攻击的一方来说特别轻松。

泡椒咯咯笑了起来:"我们30秒就能搞定!"

泡椒想着自己可以马上捧起奖杯,这个想法让他的头有点晕乎乎的,

"最后数三下，蓝队准备。"泡椒说着，把手伸出来，"一……二……三……蓝队！"

全队说着把手举起来，随后在进攻线前站开。泡椒用力踩了踩自己的铁靴。显然拉布之前担心会面对他的哥哥，但这次泡椒可没这方面顾虑。泡椒正要进攻拉布所在的坡道，迎头痛击，然后把他弟弟撞飞。

但是当蓝队走到城堡前面时，居然没有防守者在坡道守着。

"他们甚至还没决定好谁应该站在哪里！"泡椒大笑起来。

"开始。"巫兹纳德说。

"他们还没就位，跟我走！"雨神说道。

泡椒紧跟在雨神的身后，他们随即冲上最近的一条坡道。泡椒正要张嘴宣布他们胜利的时候，雨神突然停下脚步。泡椒撞上雨神，鼻子重重地被挤在他的背上。泡椒的眼睛流着泪，抬头发现上方的德文正站在坡道口的位置，举着防护垫严阵以待。红队剩余的队员们在德文身后站成一条线——一直连到奖杯前方的位置。

"怎么……"泡椒说道，声音听起来上气不接下气。

泡椒心下暗叫不好，意识到了对方这么做的用意。红队团结一心守护最后的那条坡道。

"推！"雨神吼道。

泡椒和他的队友们一遍又一遍地冲击垫子，但是收效甚微。泡椒前有防守的一方，后有他自己的队伍在推挤着，他被夹在中间。随着时间流逝，进攻似乎没有任何进展。雨神不会停下这场战斗的，就算泡椒已经感觉到自己快被挤烂了。

最后，德文奋力往前一推，蓝队全部人飞了出去。雨神落在泡椒的肚子上，把他肚子里的气体都挤了出来。还有人的膝盖撞在泡椒的大腿上，泡椒躺在那里，喘着粗气。他的视线里出现了一些斑点，跟小太阳一样。到头来又是一场艰难的失败。

"时间到，红队胜利。"巫兹纳德说道。

拉布拿起奖杯，把它高高举过头顶庆祝。泡椒慢慢爬起，看着他的弟弟在欢呼雀跃。举起奖杯本是泡椒的梦想——多少个夜晚，他在睡梦中都幻想着这一刻的到来？但是现在的主角却是他的弟弟，拉布出现在泡椒梦里的场景。泡椒觉得自己可能已经能预测到未来的样子了。他个子太矮，速度太慢，投篮也不够好。泡椒就是不够好啊。

这个想法在他脑海里像浓雾一样挥之不去，泡椒失魂落魄地顺着坡道往下走。

"红队可以拿球练习投篮了。"巫兹纳德说，"蓝队，跑圈。"

当泡椒走上桥的时候，沟渠里的水干了，地面渐渐升起，再一次恢复到之前平坦的地面，材质又变回脏兮兮的木地板。泡椒嫌弃地把防护垫和头盔扔到地板上，开始跑圈。差不多一小时，才有人投中罚球，全队终于可以休息，泡椒几乎瘫软在板凳上，用手按摩疼痛的眼睛。

"刚才我们练了什么？"巫兹纳德问道。

"集体防守。"泡椒无精打采地说。

"是的，红队表现得像一个集体，你们没有。"

泡椒再次用手抹了把脸，大口喝水。他和拉布一样，都是用自家厨房的水龙头给瓶子灌水的。水是黄色的，闻起来有臭鸡蛋的味道，但那已经是他们所能喝到最好的水了。费尔伍德球馆的水也好不到哪里去——波堕姆大多数地方都有相同的问题。在泡

第五章 失败的路 | CHAPTER FIVE: THE WAY TO LOSE

椒喝完最后一口水时，巫兹纳德从城堡的一侧取下一个小盖子。随着气体开始抽离，整座建筑物随之崩塌。泡椒差点呛到自己。这座城堡是充气的？

转瞬间城堡就成了篮球大小，皱成一团灰色的橡皮那样，被巫兹纳德捡起，塞到他自己的包里。

"防守球员必须时刻做到哪一点？"巫兹纳德面向全队问道。

"时刻做好准备。"雷吉说。

"其他球员也是一样。如果没做好准备，我们就是在浪费时间。"

巫兹纳德朝大门走去。

"今天训练结束了吗？"泡椒问道。他已经没有力气了，但此刻的时间还没到中午。

"取决于你。"巫兹纳德说。

他大踏步穿过打开的大门，大门在他身后重重合上，关门的响声似乎使整个球馆都在颤抖。雨神建议大家来打个比赛，但是吵闹声瞬间塞满整个球馆。那个黑色的魔球又回来了，泡椒感觉到一丝寒意从他全身流过。

"我们该怎么办？"泡椒小声地说。

阿墙说："巫兹纳德说过，我们得抓住它，他说如果能抓到魔球，我们就能成为更好的篮球手。还记得吗？"

追逐就这样开始了。竹竿率先冲上，其他队友跟在他身后。不管大家有多么拼命，魔球总能一次又一次成功地避开他们。有一次，泡椒直接撞上拉布，两人的肩膀狠狠地撞击在一起，他俩同时转了一圈，跌坐在地上呻吟起来。

"小心！"拉布吼道。

"你给我小心点儿！"泡椒说。

泡椒才刚爬起来，魔球就飞到墙上，随后消失不见。

"还想打分组对抗吗？"泡椒干巴巴地问雨神，揉着自己酸痛的肩膀。

雨神闷闷不乐地说："不打了，我们走吧。"

泡椒没有多说什么，他坐下来，准备把他的球鞋脱下。其他人都在交谈着，但是泡椒没有注意听。他今天没有抓住那颗魔球，没有成功得到那个奖杯，没有赢下第一次的比赛。巫兹纳德想要他领导其他人，但是泡椒似乎什么对的事都没有做成。他到底要怎么做一个领袖呢？雨神比他好得多，拉布也是，或许还有维恩也更合适些。

泡椒被大家甩在后面，就像他以前经常想的那样。

泡椒套上休闲鞋，拉上背包拉链，背包脏兮兮的。他独自一人起身走了出去。当泡椒走到停车场过道一半的时候，他听到身后的大门再一次打开。拉布在他的身旁出现，和他走路的速度差不多。

"你想怎么样？"泡椒生气地说。

"为什么你要这么沮丧？我记得你说过不要这样？"拉布针锋相对地回答。

泡椒愤怒地转向拉布说："这不一样，你已经持续难过了3年。"

"你觉得是什么原因呢，天才哥哥？"

"我也失去了妈妈。"泡椒说道，往拉布前面走了一步，"她也是我的妈妈。"

泡椒特意强调那个词"也"，他知道这会打动拉布，说话时

第五章 失败的路 | CHAPTER FIVE: THE WAY TO LOSE

两人目光并没有交集。泡椒可以看到拉布涨红了脸，这次泡椒选择像一个哥哥一样看着拉布。为什么只有拉布觉得自己承受了所有的伤痛？为什么只有他才能感到伤心难过？为什么泡椒不得不照料这个家，还得照顾弟弟拉布，还总是要表现得很坚强？这不公平。

"你早就翻过这页了，你关心的只有篮球……"拉布说。

泡椒狠狠地推了拉布一把，拉布往后退了几步，差一点就摔在地上。缓了口气，拉布直直冲向泡椒，两个人在人行道上扭打在一起。泡椒觉得氧气正在从他的身体里抽离，他大口喘着气，滚了一圈要把拉布弄下来。一连串的抓扯踢踹，泡椒感到似乎有垃圾压在他的身下——湿嗒嗒黏糊糊的，但无所谓了。

"你不觉得……我也在想着妈妈吗？"泡椒说着，试着用肘去把拉布的头锁住。

拉布用膝盖撞了泡椒肚子一下，从他那里勉强逃脱出来。"你……没有感到伤心难过。"拉布的声音伴随着喘息声，"那……也无所谓，快停下来！你……我要踢你……停下！"

他们又滚作一团，这次泡椒仗着他的力量压到拉布身上，把他压在下面。泡椒全身大汗淋漓，满面通红，但他把拉布的双手都压在地板上，他赢得了这场胜利。

"我每天每分每秒都在想着她，如果你没有察觉到，只能说明你瞎了。"泡椒说道。

拉布想要挣脱出来，但是被牢牢地卡在地上："快从我身上下来！"

"你有想过之所以我没有表现出来，全是因为你吗？"泡椒说，"也许是因为我不想让你或者爸爸回想起难过的事？你有用你的笨脑袋好好想想吗？我包办了所有的杂活，是不是为了让你能更轻松点？你想过这些吗？"

泡椒此刻咆哮着，拉布停下挣扎，抬头看着泡椒。

泡椒轻声说："有些时候感觉我都活不下去了，好像我马上就会死一样。但是你都没注意到这些对吗？至少你还拥有希望，我可没有。"

"你到底在说什么……"

泡椒大吼道："你的人生有的是机会！我却没有。我不得不变得坚强一些，看着所有人都在进步，除了我自己。"

泡椒放开拉布，狠狠地擦了擦着眼泪，站起身来。

"我应该好好教训你，但是我做不到……因为她。"泡椒轻声地说。

泡椒愤怒地离开，当他拐过路口的时候，他回头看了看，拉布依然站在停车场。泡椒想过回去看看拉布是否没事，他是年纪更大的哥哥，更坚强的那个人。泡椒应该照顾好拉布，但是他的内心却坚强不起来，他已经厌倦了一直照顾拉布和他的爸爸，没有人对他做同样的事。

泡椒还是远远地走开，留下拉布一个人站在那里。

6
什么都看不见

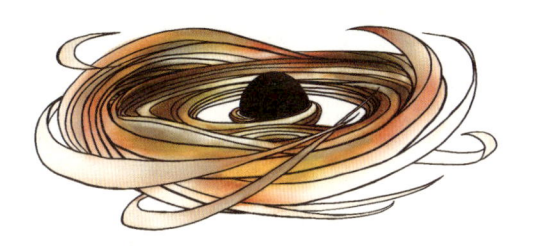

如果作者真心喜欢笔下主角，
你的故事就会精彩很多。

◆ 巫兹纳德箴言 ◆

第六章 什么都看不见 | CHAPTER SIX: NO SIGHT

泡椒冲回板凳席，迅速喝了口水。他今天在热身的时候特别努力，大部分时间都花在左手的训练上，而且尽量不让别人注意到他这么做。泡椒对自己保证，绝对不要再为了左手用不好这件事感到羞愧。遗憾的是，他频繁地用左手打出擦边球或者投出空气球，热身结束后泡椒已经全身是汗了。

昨晚实在过得不愉快。拉布和泡椒之间没有说任何话，甚至没有朝对方看上一眼。准确来说，他们都避免呼吸对方身边的空气。泡椒做了晚饭——一些鹰嘴豆和鸡肉玉米饼——但拉布一口都没吃。

泡椒其实并不怪拉布不吃晚饭。要知道，做出健康好吃的食物可不太容易，毕竟他们可是在一家旧仓库买的食材，旧仓库叫"最后一站"，专门囤积德伦其他地区不要的东西。泡椒已经尽力做到最好了。他妈妈以前做着全职的工作，还要做饭，把他们兄弟俩抚养长大，所以泡椒现在不应该抱怨太多。直到妈妈离开以后，泡椒才能想到妈妈以前有多么辛苦，尤其是妈妈还生着病，直到她生命的最后几个月，孩子们才知道这件事。

泡椒又觉得很难过，但很快，他就把这种情绪赶跑——泡椒昨天流的泪已经够多了。他喝了几口水，抬头向上看，用袖子擦了擦嘴巴。

他说："妈妈，我已经尽我所能，我不知道对拉布还要做些什么。"

泡椒经常会和妈妈说话——都是在拉布听不见的时候，一般都是做家务、睡觉前和读书的时候。他会询问妈妈的感受，并告诉她自己很想她，还会询问妈妈自己应该如何和拉布相处。有些时候就像在祈祷一样，另一些时候则像随意的聊天，泡椒很需要这些沟通交流，因为这样才能让他觉得自己没那么孤单。

泡椒再次大口喝水，正准备回到球场继续练习时，他注意到壮翰孤零零地坐在板凳的一侧。壮翰穿鞋的速度慢得夸张，他看起来有点……憔悴，他的眼睛肿肿的，周围有很深的黑眼圈。

"嘿，哥们。"泡椒说。

"呦。"壮翰回答道。

"你还好吧？"

壮翰抬头朝泡椒看了一眼，泡椒觉得自己似乎看到壮翰的上嘴唇在颤抖。但是壮翰很快就控制住了自己，勉强挤出一丝笑容。

"还好，就是太累了。"

"我……呃……我之前不知道你还打两份工。"

壮翰故作轻松地说："就是多花一点时间，晚点回家而已。"

"你的妈妈不会介意吗？"

壮翰把鞋子扎紧，然后站起身来说："是她让我这么做的，因为她失业了。"

第六章 什么都看不见 | CHAPTER SIX: NO SIGHT

"噢。"

泡椒还知道壮翰的家里有两个妹妹,他的爸爸几年前去世了,壮翰的哥哥不久后也走了,他爸爸是病死的,哥哥则是跟人斗殴致死。

壮翰粗鲁地说:"是的,我妈妈会再找到一份新工作的,只是现在暂时家里需要些收入而已。"

"不好意思,兄弟……"

"我不要别人的可怜,这没什么大不了的,这就是我在这里打球的原因,我要靠打篮球上大学,兄弟。"壮翰说道。

壮翰跑进球场里,泡椒担心地看着他。相比较于泡椒和拉布的问题来说,壮翰的生活可糟糕得多。壮翰比他们多失去一个亲人,现在他只能努力维持家庭的生计。

泡椒看了看周围的人,不可能所有人都有机会去打DBL联赛。雨神也许可以,其他人还差得远,几乎不可能,当然包括泡椒自己。他有自知之明,只是不太想承认这件事而已。这不仅是因为泡椒的身高——他的投篮也不太可靠,如果没有一手稳定跳投,去任何地方打球都会很困难。泡椒从前对位过的所有得分后卫里,跳投就没有比他还差的。

但是大家又能奢求什么呢?在波堕姆这个地方看不到未来。如果泡椒不能打DBL联赛,他就得被困在这里——跟他的爸爸一样做着累人的工作,这还是在他足够幸运可以找到一份工作的情况下。泡椒怎么能面对这种生活呢?他必须做到。所有人都是这么想的,就算这条路是多么困难。就现在而言,泡椒只能靠这条路离开这里。

泡椒回到球场上——特意站在拉布所在位置另外一侧的球

场，他就一直在那块场上训练，直到巫兹纳德出现才把所有人召集到一起。泡椒尽量避免跟拉布站得太近，他突然发现，其他人似乎都避免和雨神站一起。泡椒朝周围望了望，心里感到很疑惑，他之前错过什么事了吗？

"今天我们来练习进攻，我们先从传球开始。"巫兹纳德说道。

泡椒顿时来了精神，他最引以为傲的就是他传球的本事。

"传球是一切进攻的基础，伟大的传球手，都具备怎样的素质？"巫兹纳德接着说道。

"视野。"泡椒立马说了出来。

泡椒知道视野的重要性……他看了他们电视台所有的DBL联赛，泡椒通过观看战术学习球员是怎么移动的，然后在脑袋里一遍一遍地回放过招。有时候，泡椒会在看比赛的时候做笔记，不像拉布只是在一旁看而已，泡椒还会坐得非常靠前，用手指比画出战术的路线来。

"非常好，伟大的传球手需要动作迅速，反应敏捷，想法大胆。但最重要的，他们必须有好的视野，能看清当下发生的事，并预测接下来要发生的事，在场上他们必须清楚所有的情况。"

"所以说……我们要练习怎么看到更多东西……？"拉布的声音慢慢变小了。

巫兹纳德简明地说："没错，最好的训练方法，就是让自己什么都看不见。"

啪，球馆的灯突然熄灭了。

泡椒早该预料到会有一些奇怪的事发生。今天已经是训练的第六天了，巫兹纳德给大家上课时发生的怪事可谓层出不穷。但是泡椒还没对"什么都看不见"这种训练方式做好准备。泡椒挥

第六章 什么都看不见 | CHAPTER SIX: NO SIGHT

舞着双臂大喊大叫，狠狠地揉着眼睛，想要看得清楚些。但是黑暗始终笼罩着他。

泡椒感觉有人踩到他的鞋子，他赶紧大喊："嘿！小心点！你踩着我的脚了！"

"我什么也看不见，你叫我怎么小心点？"壮翰说道。

"要不然你就别移动了吧？像一头大象一样。"

"这是在开我体重的玩笑吗？"壮翰吼道。

"显然不是在说你的记忆力像大象。"

泡椒把手臂举起来，避免任何的碰撞。他无法判断周围的声音都是来自哪个方向，所有的叫喊声、咒骂声和喘息声混杂在一起。

"什么都看不清怎么能帮助我们训练视野？"拉布的喊声盖过所有人。

"'视野'这个术语很有意思。"巫兹纳德说道，他的声音仿佛在黑暗里无处不在，"在这种情况下，视野不只依靠视力，我们能听到、感觉、预测身边发生的一切。如果能做到这一点，一双好眼睛就是加分项。"

黑暗中有人开始运球，泡椒试着把注意力放到声音上，透过双脚感受那熟悉的震动。他爱死这个声音了，这能使他更平静一些。随后泡椒大口呼吸，把空气中那潮湿、浓烈的油脂味全部吸入鼻腔。这才是熟悉的费尔伍德球馆，就算是在黑暗当中，泡椒也认得这个地方。

"游戏很简单，进攻方从球场一端开始，另一方在中线等待。进攻方在场上以传球方式前进，不能运球，只能传球，如果能到达另一端，就算赢。如果丢了球，就轮到另一方传球。直到其中一方获胜，败方跑圈。"

"我们什么也看不到。"泡椒说着，挥舞着双手，"不可能完成。"

"你们只关注事情消极的一面。"巫兹纳德说。

泡椒感到有什么坚韧富有弹性的东西弹了他额头一下。

"这并不好玩，教授。"泡椒发牢骚地说，"你如果打中我的鼻子，我的模特生涯可能就终结了，我的家庭也就过不下去了，老兄。"

"你穿什么走秀啊，童装吗？"壮翰说，"还有童鞋？"

"显然，如何才能不让胡子长出来是个问题。"维恩说道。

泡椒故意地咂了咂嘴说："黑暗中，每个人都是喜剧演员。"

"首发球员对阵去年的替补球员，首发先来，去找球吧。"巫兹纳德说道。

泡椒叹了口气，巫兹纳德的意思就是让他去找球了。于是泡椒动身去找球，他摸索着，避免撞到其他东西。但并没起太大作用，他的膝盖撞在墙上。

"我的篮球生涯要毁了。"泡椒说着，揉了揉酸痛的膝盖。

泡椒继续搜寻着篮球，每次碰到什么他都会不由自主地往回缩。最后还是拉布找到球，捡起来交给泡椒。几分钟后，进攻的一方在篮下集合，努力想站成一排。防守的一方应该已经站在中线，等待他们过来了，但是泡椒还不知道对方是否站好了位置。巫兹纳德没有给出任何的口令。

"好的，我要来了。"泡椒宣布道。

"我们都还不知道你在哪儿呢，蠢货。"拉布说。

"我觉得这就是重点，傻蛋。"泡椒说。

第六章 什么都看不见 | CHAPTER SIX: NO SIGHT

竹竿嘀咕了句:"这会很有意思的。"

"这儿!"雨神喊了一声。

泡椒往喊声的方向走了几步,随后来了个击地传球,他希望篮球弹到地板的声音,可以帮助雨神在黑暗中找到篮球的位置。篮球就弹了一下,雨神肯定把球接住了。

"下一个是谁?"雨神问道。

"这儿,传球!"拉布叫道,泡椒听到篮球鞋和地面摩擦的叽叽声在逐渐靠近。

篮球弹了一下,有人惨叫一声,接着篮球又在地板上弹了一下,之后回归平静。

"传高点儿。"拉布接着说,声音跟往常一样高亢,"继续前进!"

他们继续缓慢地往前推进——正如泡椒希望的一样——他想让传球尽可能地有条不紊地进行下去。如果他们这么慢慢地往前移动,然后用上一些短距离的击地传球,这个训练看起来似乎就很简单了。但是,当进攻的一方在场内前进得越来越远时,全队发出的声音开始混杂进来自防守球员的声音。突然间,空气中充满了叫喊声、警告声和球鞋与地板的摩擦声。泡椒拿球停在原地,努力分辨周围的声音。

最后,泡椒认出拉布的声音,把球扔给了他。泡椒肯定没有把球传到位,因为他听到类似老式弹球机发出的当的一声。篮球在看台下方滚来滚去。

"哎哟。"泡椒说了句。

"两队换边。"巫兹纳德说道。

找球花了替补球员们更多的时间,开始后,他们马上就掉球了。泡椒心里暗喜——他不能允许在训练中维恩的表现比自己更好。泡椒必须证明为什么他才是首发球员。

"为什么要这样想呢？"一个低沉的声音在泡椒耳边低语。

泡椒被黑暗中的声音吓到，人差一点摔倒："谁在说话？"

"谁在说话？"拉布问，"每一个人都在说话啊。小花生，你拿到球了？"

"我在这里呢！"阿墙叫道。

"我说的是球，不是墙。"拉布吼道。

"嗯……帮你们驱散一点黑暗吧。"

一个发出橙色光的篮球突然出现在大家面前，就像一个完美的球形火焰一样。当泡椒接近篮球的时候，他发现橙色光在篮球里面。泡椒小心翼翼地把篮球捡起来，篮球一点也不热。更奇怪的是，光并没有从球里透出来——泡椒的手指依然处于黑暗之中。

"太奇怪了。"泡椒说着，把篮球在手里拨过来拨过去的。

泡椒听到队友们的声音，一路摸到墙边，随后转身面向似乎是对手的方向，这个比赛需要人不断猜测。泡椒之前还从来没有处在完全黑暗的环境下，就算是在他自己的房间里，来自月亮或者街灯的光都会或多或少地透进来，拉布的小夜灯也总是亮着。

现在则完全是另外一回事，全队要在黑暗中协作，一起移动，一起传球配合，感觉太不可思议了……泡椒不得不承认，用别的感官打球也很有意思，他在场上还从来没有注意过这些感觉，以前篮球对他来说只是个依靠视觉的运动。

"哥们儿准备好了吗？上吧！"泡椒说道。

使用发光的球显然容易很多，问题是，这对于另一队来说，抄截也变得很简单……所以，另一队很快就在泡椒的一次传球失

第六章 什么都看不见 | CHAPTER SIX: NO SIGHT

误时把球截下。

"抢断了！"杰罗姆大声说——俨然一个小偷的样子。

"传得不错，泡椒。"拉布说道。

泡椒有点生气地说："我看不见自己传的是谁，你还想让我怎么样？"

"视野。"拉布阴阳怪气地说。

"下次我最好把球传到你脑袋上。"泡椒说。

"你连一个明显的靶子都打不到。"

泡椒说："好吧，幸好你的头比靶子大多了"。

泡椒举起拳头，假装要和拉布打一架，结果不小心碰到别的软软的东西。

"噢！谁打我？"维恩说道。

泡椒不好意思地咬了咬嘴唇，很快开溜了。

随着比赛继续，泡椒逐渐开始掌控局面。他之前一直是队里最善于交流的球员，在黑暗中，他俨然是场上的指挥官。泡椒会喊出所有的指令，然后要求队友步调一致。不久后就连竹竿也开始积极交流起来，及时喊出自己在做什么。这是一个好的变化，泡椒想知道如果灯亮起来后，大家是否也能像这样积极交流下去。

终于，雨神成功突破对方的防线后，顺利接到传球，泡椒拼尽全力往前冲，边招手边喊着要球。

"我没有人防！"

篮球像陨石穿过大气层一般激射过来，泡椒一把接住，准备转身把球传给下一个队友。突然间，那些破旧的电灯突然亮了起来，泡椒发现自己正站在对面底线的位置，也就是说，他们队成功穿过了整片球场。

"首发球员获胜，休息休息，喝点水。"巫兹纳德说。

"耶！兄弟们！"泡椒说着，走来走去地跟队友们击掌——除了拉布，拉布依然在躲着泡椒，也除了雨神，雨神自己一个人冲回到替补席。

"怎么回事啊？"泡椒问阿墙，用手指了指雨神。

阿墙耸了耸肩说："雨神昨天说他就是狼獾队的一切。"

"噢，难怪。"泡椒说。

好像感觉随着训练营的进行，队员变得越来越不团结了。在大家喝水的时候，巫兹纳德叫每个球员都说点心里话，于是球员们开始轮流说。大部分的心里话都很笼统：要改进的地方，新赛季的目标，替补球员就说想要打首发。

轮到泡椒的时候，他昂首挺胸地走到前面，转身面对所有人。

"今年我们要拿下全国总冠军，宝贝，记住我说的话。"

"怎么拿？"巫兹纳德问。

泡椒皱了皱眉头说："就……赢下所有比赛就好了？"

"有趣。"巫兹纳德回答道，尽管他的语气听起来一点也不觉得兴趣。

泡椒回到替补席，觉得有点泄气。他猜巫兹纳德是想让他说得更透彻一些，但是泡椒只想简简单单地打球。胜利意味着有更多的比赛可打，更多的客场要去，更多和篮球在一起的时间，这才是泡椒真正关心的事。他们赢的比赛越多，就有更多的球可以打。泡椒不太在乎那些荣誉、名声和其他什么东西。对他来说，要得到精英青年联赛冠军奖杯，就意味着要度过漫长的季后赛征程，还有最重要的，更多打篮球的机会。如果他可以每天都打球，他绝对会幸福死的。

雨神是最后一个发言,他道了歉,全队只是盯着他看,没有人有任何动作。

领袖总是要起带头作用。

泡椒暗暗叹了口气,然后走上前去和雨神拳对拳碰在一起说:"没事了,哥们儿。过去的事情都忘了吧。"

其他人似乎都小声地表示同意。

"大家来打分组对抗赛吧,一小时。"巫兹纳德说。

"不开玩笑?"泡椒怀疑地问。

"锻炼视野。雨神、维恩、拉布、阿墙和德文,你们5个一组,打其他人。"

泡椒僵住了,他没有和雨神或者拉布一队?他们总是一起打首发对抗替补球员,这种分组在他们的训练中是固定的。维恩代替泡椒,德文代替竹竿,所以这些人现在是新的首发球员了?难道泡椒被贬到替补席了吗?他做错什么事了?泡椒看向巫兹纳德,但当他对上那绿色的眼睛时,巫兹纳德什么话都没有说。

"别把我放到替补席,请不要丢下我。"泡椒绝望地想。

巫兹纳德拿了一个球出来说:"如果关注某一个演员就会忽视其他人。荷官发牌时,我们只会关注一张牌。我们关注篮球,却忽视了比赛。"

巫兹纳德把球举起,竹竿和德文站在两旁准备跳球。壮翰和竹竿同处一队时,似乎壮翰被分配到大前锋的位置,而竹竿则打中锋的位置。泡椒心不甘情不愿地排在首发球员后面,他思考着自己要如何才能赢回巫兹纳德的信任。他之所以没被选上场,是因为身高的问题,还是因为他左手不太熟练的缘故?泡椒知道自己的身体状态不如之前好的时候了,他摸摸自己圆滚滚的肚子,也许,训练结束后他应该去跑一跑,或者直接跑回家。泡椒必须尽全力去拿回他的首发位置,必须从现在开始努力。

"人类能看见很多东西,但我们选择不去看那么多东西,这种选择的确非常诡异,很难理解。"巫兹纳德说。

接着,泡椒什么都看不见了。不对,不是什么都看不见,泡椒的眼睛前方出现一层奇怪的屏障,只能用余光看。泡椒感到整个世界被对半分开,他尽可能地不要太慌张,这只不过就是另一次考验。泡椒必须努力在这些考验中做得更好。他尝试着转了转自己的脑袋,尽量搞清楚自己所在的位置。要确认方位显得特别困难,但是泡椒还是能看到一点点图像,他要做的就是别让脑袋停下来。

他能做到的。

"我什么都看不到!"壮翰说道,"好吧……只能看到一点点。"

"准备好了吗?"巫兹纳德问。

泡椒说:"先确认一件事,是不是每个人都觉得他们在白费力气?"

"是的。"杰罗姆低声说。

所以每个人都经历同样的事,那就好办了。泡椒歪着头,用眼角余光偷瞄篮球。巫兹纳德想要泡椒去和水流对抗,好啊,现在就是逆流而上的时候了。

篮球被抛了起来,在泡椒的眼中再一次消失。比赛开始,竹竿一巴掌打到德文的大腿处,随后篮球朝维恩的方向飞去。维恩捡起球,像一只机警的公鸡那样转着头看。当维恩推进前场时,泡椒紧紧跟在他身后，不断地把头前后移动确保维恩处于视野之内，接着泡椒还用双手来丈量位置。

"叫个挡拆吧！告诉大家是谁在防你！"泡椒大声叫道。

维恩假装往左走，但泡椒没吃晃——在看到维恩的动作之前，泡椒就听到维恩的鞋子摩擦和篮球变向的声音。泡椒甚至觉察到维恩沉肩并伸开手指的动作。维恩找不到切入篮下的机会，只得把球传给站在侧翼的雨神。

"你的身边没有其他人！"泡椒喊道，让雷吉明白周围没有其他人来挡拆。

雨神准备突破，抓住雷吉的一个破绽后，直杀篮下，但是雨神接下来做的事出乎所有人的意料——他把球传给位于底角空位的拉布。

"快补防！"泡椒说道，同时在找杰罗姆的位置。

泡椒喊得已经晚了，拉布在接到传球后，调整一下姿势出手，命中。

"我能看见！雨神，传得漂亮！"拉布大叫道。

当拉布经过泡椒身边时，泡椒皱着眉头说："你……全都看得见？"

"现在又看不清楚了，只有投篮的时候才能完全看清。"拉布喃喃地说。

泡椒解释不了为什么会这样，所以他干脆不多去想。他们队已经落后于新的首发阵容了。泡椒接到竹竿发的界外球后，开始朝前场推进，他意识到这次至少可以往右边走——隐形的墙消失不见了。他时不时地转转头，看见其他队友都已经落位，泡椒心里默默记下每个人所在的方位。他感觉自己就像军队里的将军一样，在地图上认真地布置着军队的位置。泡椒在弧顶处停下，迅速给切入的杰罗姆传了个好球。

"我也能看清了！"杰罗姆喊道，接着却错失了上篮的球，"没关系，再来。"

全队回防时泡椒有点不忿。在他们回防落位之前，阿墙快速上了个篮，泡椒气得咬着嘴唇。现在他们落后了，泡椒自己也落后了。

于是泡椒在比赛中变得更加努力，他每个回合都奋力拼抢，每个对手从他的身边经过时，泡椒都有意无意地干扰一下。他喷垃圾话，然后注意听场上的每个细节……为了记住自己队友们的站位。泡椒的眼睛看不清楚，所以他只能尽可能把比赛形象化。过程不能算是完美无缺，但随着时间流逝，比赛在泡椒身边仿佛织起一张蜘蛛网，互相联结在一起，队友之间逐渐有了更多的默契。场上一个动作会对接下来的比赛产生一系列的影响，泡椒必须让每个队友都能参与比赛。

泡椒很快就发现，空位投篮时，视力就会短暂恢复。而勉强投篮则依然看不清楚，大部分球也进不了，所以泡椒要做的，就是去找谁正处在空位。如果泡椒能快点把球导起来，他就能发现大量的空位机会，他必须抓住这些机会。

"喝水休息下。"巫兹纳德叫道。

泡椒步履蹒跚地走下去，大口大口地喝着水。

维恩问他："打得开心吗？"

"还不错，就是一直用脚步耍你有点累。"泡椒回答道。

维恩大笑起来："你喜欢我的这些板凳匪徒吗？"

"他们现在的实力肯定是可以打首发了。"泡椒故作夸张地说，

"只要他们跟我当队友就可以办到。"

比赛接着开始,泡椒上场后强硬地得分,他全场只进了几个球,但是他通过传球积极带动着这些替补球员们,场面一度胶着。在一些回合里,泡椒在场上说着话,给一些指令,还鼓励队友们。泡椒开始意识到,赢得最终的比赛并不意味着一切——他们要做的是赢下每个回合,每一秒都做好。这才是泡椒深爱的篮球,而不只是那个结果。

每一秒都全力奋战。

这才是你领导他们的正确方式。

"拿上水壶,跟我到中场去。"巫兹纳德说。

泡椒的视力恢复到正常状态,他甩了甩头,把汗弄得到处都是。

"谁赢了?我有点记不清了。"泡椒问道。

"谁也没赢。"巫兹纳德说着,有如赞许一般,尽管要从他那男中音一样的声音中听出情绪波动是很难的事,"但是每个人都赢了,你们平时是这么打球吗?"

拉布笑着说:"当然不是,我们平时都是慢动作打球。"

"速度是相对的,对于速度最快的人来说,其他人的动作都是慢动作。还有其他的吗?"

"我们……我们在场上交流很多,是最多的一次。"竹竿说。

巫兹纳德点头:"没错,还有吗?"

"我们在进攻中积极跑位。"泡椒回想起比赛说道。外围的传球选择总是很明确,所以他们强迫自己要分享球,而不是就某一处死命强打。"罚球线附近传球很多空切之类的也很多。"

巫兹纳德说："如果一个人无法看清自己的线路，传球就是自然选择。还有其他的吗？"

短暂静默后，雨神开口了："我们需要思考队友所在的位置出现在哪里……应该在的位置。需要对比赛进行预测。"

"没错。大家需要看到的，不只是眼睛看到的东西。现在该跑圈了。"巫兹纳德说。

泡椒和替补球员们都笑了起来，维恩带头开始跑圈。在这么多次训练里，泡椒至少这次做得比维恩好一些。但是跑圈也不怎么算是惩罚——输的那队第一次就把球罚中了，很快就回到中场。泡椒皱起眉头看着维恩。

"真是好运。"泡椒喃喃地说。

维恩回以微笑："全靠技术。"

巫兹纳德把包拉开说："现在你们的视力都恢复正常了，但你们真的在看吗？我们需要重新学习如何看东西。"巫兹纳德从包里拿出那盆雏菊，把它放到大家的面前。

"不是吧，又来了。"泡椒说着。

巫兹纳德说："还会有很多次，如果想要赢球，就必须把时间放慢。"

巫兹纳德起身往大门走去，泡椒看了看巫兹纳德，再看看那盆雏菊，心里感到疑惑不解。

"你要去哪里？"泡椒问他。

"今晚带这盆花回家，泡椒。好好照顾它，别忘了浇水。"

泡椒咽了口唾沫，盯着雏菊看，他要照顾这盆东西？这盆花可能会在夜晚把他吃掉吧。泡椒决定在回家后就把花锁在柜子好了……他心里默默记下，要先给花认真浇一遍水。巫兹纳德似乎对这盆花特别重视。

大门突然被撞开，狂风瞬间涌入。

雨神喊道："这花你想让我们看多久？"

巫兹纳德头也不回地说："直到你们看到新东西为止。"

说话间，巫兹纳德从球馆消失了。

"你觉得他说的话的意思……就是字面意思吗？"泡椒问道。

"谁知道呢？至少我不用把这盆花带回家。"维恩说。

泡椒回答："谢谢你的提醒。"

壮翰站起身，朝板凳席大步走去，杰罗姆在他身后喊道："你要去哪儿？"

"我才不死盯着一朵傻花呢，又没人逼我。我不干了。"壮翰说。

"你还好吧？"泡椒问他。

壮翰没有回答泡椒的问题，径直走向大门，推开一扇门，随后似乎想了想说："泡椒，我告诉你我不好。我们生活的地方叫波堕姆。这地方的事情都不太好。你想和那个怪胎相处，和他一起训练，随便你去。但这么干，在波堕姆活不下来。别忘了你人在哪儿。有时间我不如省下来去工作。"

壮翰说着，大步走了出去。球馆里大家顿时沉默了下来，闷闷不乐。

雨神起身去找他的篮球，放弃看花的训练，泡椒犹豫了一下。虽然巫兹纳德今天的训练课似乎更合逻辑一些，但盯着花看这件事，还是让人感到没有任何意义。大家做不到把时间慢下来，但是他们显然会浪费掉时间。泡椒起身去练投篮。

不是所有人都跟着起身离开，德文、竹竿和雷吉依然待在那儿，盯住雏菊看。

"我想知道大家是否要去……"拉布起了个头，然后不说话了。

泡椒的双臂感到一阵熟悉的寒意在蔓延，他甚至不用转头就知道发生了什么，那颗奇怪的魔球回来了……这次它直接悬停在德文头上方的位置。德文就算这样也没有移动，他就一直坐着，黑色的眼睛全然盯住那盆花。

泡椒觉得自己应该去提醒德文，但是那些话如鲠在喉。每个人现在都在盯着魔球看，德文肯定也知道魔球在上面，对吧？而他还是一动不动。

时间似乎走得很慢。

随后，没有任何预兆，德文突然举起手臂，用一只手抓住那颗魔球，他得意地咧开嘴笑了下，黏稠的黑色物质慢慢侵蚀他的手指……接着德文消失了。泡椒盯着德文之前坐过的位置，现在什么都没有。

"这可麻烦了。"泡椒小声说道。

周围的事物似乎开始加速起来，叫喊声此起彼伏，众人冲向大门那里，只有泡椒安静地看着这一切，然后把目光落到雏菊上。泡椒记得他应该要把雏菊带回家，他的眼睛就一直停留在花上，几乎听不到其他人在说些什么。有那么一会儿，花似乎在轻轻地摇动。

总是有时间的。

泡椒回想起自己那些仓促的出手，想起他对自己天赋和身高的担心。泡椒想到的是他深埋的那些恐惧，它们不都是跟时间有关吗？德文再次出现，但是这并没有打断泡椒的沉思。泡椒慢慢地靠近那盆花，将它拿起来，感到什么东西在朝他涌过来，一阵刺痛传遍泡椒的手和脚，然后他看到更多的东西。

手中绽放出银白色的光，接着蔓延到整盆花，然后是整座球馆。

"发生了什么事？"泡椒似乎在自言自语说道。

泡椒，你准备好要使用自己的格拉纳吗？

泡椒低头盯着花看，将盆子收到手臂下夹住，惊讶地环顾四周。

"准备好了。"泡椒小声说。

那么，最强硬的人要记得什么呢？

泡椒看着他的弟弟说："有时候我们也要试着退让。"

◆ 7 ◆

山顶上的人

在路上,你可能会疲累,而前途黯淡。

如果必须,不妨驻足一下,但绝不要放弃。

一直前行,直到黑暗过去,

而你成为下一个旅人地平线上的朝阳。

◆ 巫兹纳德箴言 ◆

第七章 山顶上的人 | CHAPTER SEVEN: MAN ON A MOUNTAIN

泡椒把手伸到水龙头下，再用手往脸上泼，充分感受着清凉的水。更衣室里的泡椒看着镜子中的自己，接着，球馆里有节奏的运球声开始在耳边响起。

泡椒昨晚顺利把花带回家，没有一丝破损。他把花盆放在窗台上，不管拉布在旁边怎么冷嘲热讽，泡椒还是仔细地给花浇了水。这盆花让泡椒想起他妈妈养过的小花圃，区别在于，这盆花依然翠绿，生机勃勃。

妈妈会喜欢它的。

除了照顾那盆花外，泡椒的整个晚上都过得不怎么样，他几乎没什么睡，听着拉布翻来覆去的声音。所以泡椒今天感到身体不太舒服，很疲劳。他之前还从来没和拉布闹矛盾这么久过，冷战足足持续了3天，为什么会这样？就因为他弟弟打球比他打得更好？

他们这么急着要去哪？

泡椒在浴室里四处查看，急急忙忙地用手臂擦了擦脸。

"谁在说话？"泡椒质问道。

真是奇怪，尽管大家嘴里说着想去领导他人，但是心里却极度渴望跟从别人。

"我就欠缺一些条件。"泡椒心里想，"我需要一些东西让我变得更好。"

你已经什么都不缺了。

泡椒想着："目标在哪里？就为了在波堕姆耗尽我的一生？"

没人回答他的问题。泡椒叹了口气，双手抓在洗脸池的边缘。这件事一定要有个了断，他从来不自怨自艾，如果他这么做，一切就都完了。也许有些人可以允许自己软弱，他可不行。

"今天打好你的比赛就行。"泡椒低声说道。

泡椒冲出更衣室，在场上只投了几个球，巫兹纳德就出现在边线上——他周围的空气不断在流动，就像烈日下被炙烤的地面蒸腾起的热气一般。似乎还没有人注意到巫兹纳德，他犀利的眼神看向泡椒，紧紧地盯着他。

泡椒在巫兹纳德身后很远的地方看到什么东西：一片清澈的湖，还有一艘小木船。

小船依然在下沉。

"他不会和我说话的。"泡椒喃喃地说。

交流不一定用语言。

巫兹纳德走进场内说："大家集合，今天练习投篮。"

泡椒的花盆还放在板凳上，他快速地拿起花盆，带到巫兹纳德身边。巫兹纳德把花塞到背包里，然后整了整里面，好像那盆花回到自己的位置一样。接着巫兹纳德看向泡椒。

"比我交给你的时候长得更好了。"

泡椒犹豫了一下说："你觉得……有时候我能带它回家吗？"

"给你这个。"巫兹纳德从上衣口袋里拿出什么东西——一颗蓝绿色的圆圆的种子，"把它们种下，好好浇水，悉心照料，这些种子会茁壮成长的，就算在波堕姆也一样。"

泡椒收下种子，双手颤抖地说："谢谢你，她……我的妈妈……"

"她会看着它成长的，也会看见你的成长。"巫兹纳德说道。

泡椒微笑，跑回去把种子放到包里，其他人都已经围在巫兹纳德的身边。

泡椒用备用毛巾把种子小心翼翼地裹起来，随后跑回到队伍里，似乎没有其他人注意到这件事。

"嗯……今天会很有趣的。"

巫兹纳德把球扔给德文，当德文触碰到篮球的那一刻，球馆突然消失了，取而代之的是一片繁星似锦的湛蓝天空，视野开阔。泡椒环顾四周，球员们全都站在一座山的山顶上，这种景象泡椒从来都没见过，就算是在画里也没看到过。所有人站的位置明显比周围高出许多——在山峰最高的地方——一块平坦的大石块，面积比泡椒家的客厅地板大点有限，石块外围呈不规则的锯齿状。山峰高耸入云，四周的悬崖峭壁深不见底。

泡椒猛地往后退了几步，头晕目眩。

泡椒有点恐高，而且这座山看起来摇摇欲坠。现实中，似乎没有什么如此高又尖的东西可以挺立这么久。泡椒发现旁边还有一座锯齿状的山，山顶上孤零零地架着一个篮网，就像是登顶的人在山上插的旗子一样。

"这是什么啊？"拉布小声地说。问题抛出后，声音在他们下方的山谷里不断回荡了千百次。

"我猜是一座山吧。"泡椒说着，不自觉地抱紧自己的身体。

这里没有风，但是特别冷——简直寒冷刺骨。

"感谢你多此一举的回答。"拉布说道，瞪了泡椒一眼。

泡椒突然有一种强烈的冲动，想离大石块的边上站得近一些，尽管此刻他的心里只有一个想法：离万丈深渊有多远走多远。地面似乎向深渊倾斜，泡椒觉得胃里的早饭快要喷出来了。

"我们要做什么？爬下去？"杰罗姆问道。

维恩说："你是认真的吗？我们差不多站在1英里高（约1609米）的地方啊。"

四周空气稀薄，泡椒开始发抖，他大口呼吸使自己好受一点。

沉下来。

这句话在泡椒的脑袋里回响，成功引起了他的注意，使他的呼吸逐渐平静下来。

"老鹰从不担心自己会坠落"。那个声音又响起。

"这也太高了吧。"拉布说道。

泡椒回答："你刚刚就说过这句话了。"

"那是因为你没注意听！"

一声巨响破空而出，声音似乎来自众人的脚下，从山峰里发出来。地面开始倾斜，验证了泡椒的猜想。紧接着，一块巨石从

第七章 山顶上的人 | CHAPTER SEVEN: MAN ON A MOUNTAIN

球队身后落下,像汽车一样大的石头,滚落到云层之下,被黑暗彻底吞没。

"我们得采取行动。"竹竿说,语气比泡椒想得镇静多了。

"比方说?"维恩问。

"我们不是要练习投篮吗?"竹竿说,"也许我们应该去投那个篮筐。"

第二声巨响传来,又一块汽车般大小的石块从山崖脱落。

"投篮吧,雨神。"雷吉催促道。

石块断裂脱落的声音再次响起,泡椒抓住他弟弟的手腕。这一次,泡椒并没想着表现得坚强些,或者把自己当作一个大哥哥,他只是想确保两个人不会分开,其他什么也不想。另一块巨石脱落,从峭壁上一路碾压下去。

山顶的位置正在急速变窄。泡椒咽了唾沫,转身面向雨神。

泡椒希望他们只要投一次篮就好了,但是他也没机会确定是否如此。雨神从接到球的那刻起就开始颤抖,他投出的球在篮筐上弹了一下,然后从山的侧面滚落下去。

"看着可不妙。"泡椒嘀咕道。

随后,篮球又顺着悬崖峭壁飞上来,在头顶上转了一圈落下,飞到维恩的手中。泡椒想知道这到底是什么意思。

"继续投篮。"竹竿说。

后面人的投篮也不太顺利,一个接一个投丢。竹竿终于投中一个,但是篮球还是飞了回来,似乎是要每个人都投中球才行。篮球最后回到泡椒手里,他看着球,皱了皱眉头。

泡椒知道自己应该离篮筐近一些——两座山之间相距大概有10英尺(约3米)——但是泡椒并不想太靠近濒临断裂的崖边,

所以他选择投了一个远距离三分球，结果当然没有进。

"噢，真是好球。"泡椒抱怨道，眼睁睁地看着篮球从头上飞回来，"快点投！"

"不要着急出手！"维恩说。

泡椒对维恩顶撞的话感到很生气，但是显然维恩是对的。他们需要慢一点，做好充分的准备。

很快，雨神又一次投丢了，全身颤抖。维恩则投中了，杰罗姆也办到了，不过拉布却投出一记三不沾。泡椒也没进，这一次磕在后框的位置。泡椒紧张地咬起指甲。如果只有他没投中怎么办？如果是因为他的失误导致全队失败怎么办？

"尽量集中注意力。"杰罗姆说道，他的声音因为恐惧而发颤。

雨神还是没进，身体不由自主地颤抖着。

"搞什么啊，雨神！"维恩说道。

拉布的投篮短了些。篮球飞回到泡椒手里的时候，他能感觉到地面在强烈震动。他们快没时间了。泡椒往前走了几步，靠近崖边。他往下面瞥了一眼，赶紧摇了摇头，现在他必须集中注意力在篮筐上，脑袋里只能想着篮筐。

猎物是老鹰眼里唯一的东西。

泡椒做了个深呼吸，在倾斜的山顶上运了几下，身体随着运球摆动。不知怎么，大家现在镇定多了。泡椒努力让自己去听篮球撞击地面的声音，砰、砰、砰……他开始小声唱了几句：

"Peño the bird of prey
Taking flight to say—"

第七章 山顶上的人 | CHAPTER SEVEN: MAN ON A MOUNTAIN

泡椒就是猛禽

逃跑怎么能行……

"你现在居然要来段说唱？"拉布的嘘声响起。

"A mountain can fall
But Peño's here to stay!"

山峰可以倒塌

但泡椒岿然不动！"

泡椒的眼神自始至终都没离开过篮筐，球出手，篮球应声而中。

"太好了！"泡椒叫喊道，挥动自己的拳头。

但是他的高兴没有持续多久，雨神又投丢了，德文紧接着也没有投中，下一个投篮的是拉布。不管他俩怎么打怎么闹，泡椒还是无法阻止自己去给对方建议，尤其是在山顶这种情况下，不说话就太不正常了。如果两个人都坠落深渊，他们谁对谁错都没有意义。

"你能投中的，放松一点，就像以前罚球那样。"泡椒低声说道。

拉布瞥了一眼泡椒，似乎要说什么话反驳，过了一会儿，拉布什么都没说，转过身来。拉布的双肩已经很明显地放松下来，双手镇定地拿着球，投中了。又一块大石头断裂，山顶正迅速地坍塌收缩，现在面积只有泡椒家厨房的大小了。很快整座山将会彻底崩塌，顺带着把狼獾队埋葬。泡椒五内翻腾——跌落深渊的时间想必会很长很长吧。泡椒透过崖边往下看,似乎死神就在底下等着他们,他以前就有过一次这种体验。

泡椒想起自己坐在妈妈床边的那个晚上。妈妈变得瘦骨嶙峋,她的皮肤从蜂蜜般棕褐色变为浅褐色,甚至接近灰色,癌症让她消耗殆尽。泡椒还记得自己握住妈妈冰冷的手指。

"答应我要照顾好你的弟弟。"泡椒的妈妈说。

"我答应你。"泡椒靠着妈妈的耳边小声说道。

"我不会让拉布发生任何意外,我答应你。"泡椒心里想着。

德文是下一个投中球的人,他挥舞着大拳头,现在只剩下雨神。又一片石块从山顶脱落,全队紧紧地靠在一起,肩膀贴着肩膀。泡椒能听到大家沉闷而又不均匀的呼吸声。没有多余的地方可以站了,下一片石块脱落的时候,至少有一半的人要跟着一起下去——最坏的结果是全部人都完蛋。

"我们死定了。"维恩咕哝着。

"再来一球就行。"拉布说道。

篮球飞了上来,落在雨神颤抖的双手中。

"投进它,雨神!"泡椒说。

这句话泡椒已经说了很多遍,声音在他们四周形成千万次的回响。众人脚下又传来一声恐怖的石块断裂声,泡椒下意识地抓紧弟弟的手臂,拉布沉默不语。

"赶紧啊!"维恩绝望地说。

泡椒感觉到脚下的地面在晃动,他快速地和弟弟对视了一眼,目光里满是惊恐。

"保持身体平衡,我们不会有事的。"泡椒低声安抚道。

"投篮啊!"阿墙尖叫。

第七章 山顶上的人 | CHAPTER SEVEN: MAN ON A MOUNTAIN

篮球被投了出去，山峰此时也崩塌下来。一股强大的力量把人扯向后面，泡椒听到队友们的尖叫声。他从山顶的位置滑下，一只手依然牢牢抓住弟弟拉布的手腕，至少两个人在一起，让泡椒略微感到安心。泡椒来不及喊出声音，就盯着那颗球在空中缓慢地往前飞进。

篮球直接飞向篮圈中心，涮网而入，山峰随即消失。泡椒低头看着脚下费尔伍德球馆污渍斑斑的地板，立即跪倒下来，俯身亲吻地面，他已经不在乎这几十年来地板上积累的厚重灰尘、臭汗和唾沫了。

"地板实在是太恶心，但也真是太漂亮了。"泡椒说道。

巫兹纳德正看着大家。泡椒觉得，自己应该会对巫兹纳德的所作所为感到很生气——那叫格拉纳的东西这次差点就把大家害死。但此时泡椒只感到如释重负，在这种释然之下，泡椒意识到大家似乎刚刚完成一件很重要的事情。他们每个人都被迫去投篮，他们也成功地命中了压哨投篮。

而且，大家都还活着。

拉布转身面向泡椒，目光相触，那一瞬间两个人心有灵犀。两个人之间没有说任何的话，但是泡椒什么都懂了。此刻，他一点也不在乎拉布之前说过什么，或者他们是为了什么打架，嘲笑对方谁更害怕，抑或争论谁更悲伤。泡椒如今在乎的，只是他弟弟拉布这个人。

巫兹纳德开口说道："打篮球就是面对恐惧的过程，如果不去面对，就会失败。我们要练习投篮一千次、一万次、两万次，如果都是站在即将倒塌的山上投篮，就会成为伟大的射手。"

泡椒思考着巫兹纳德的这些话，他自己在场上总是显得很急躁，为什么呢？因为泡椒害怕被别人盖，害怕丢脸。但是这种丢脸的感觉跟一座崩塌的山相比，真是不值一提。

"今天就到这儿吧，"巫兹纳德说，"明天应该会很有意思。"

"那今天呢？今天很无聊？"拉布嘀咕道。

巫兹纳德转身走向墙壁处，一道光闪过，巫兹纳德就消失了，黄色的砖墙什么痕迹都没有。泡椒不情不愿地站起身来。

"我们差点就死翘翘了。"拉布含糊不清地说。

阿墙说："真是太乱来了，明天应该会有趣些，哈哈！"

泡椒皱着眉头说："你在干什么，雨神？"

雨神从包里拿出篮球，径直走到罚球线的位置。

"投篮。"雨神回答。

泡椒微笑地摇了摇头，他知道雨神会拼命练习罚球，直到自己不再是最后一个进球的人为止。雨神的自负不允许他自己丢掉队里第一人的位置。泡椒决定要和雨神做同样的事，他拿起自己的球走向同一侧球场，站在三分线的位置，做了个深呼吸。这一次，泡椒一点也不急躁。

泡椒的脑海里出现了一座高耸的山峰，还有漫长下坠的过程，他将球投了出去，像把它当作生命中的最后一球那样。

全队又投了几个小时，当大家都筋疲力尽的时候，泡椒拿上自己的背包，自顾自地走了出去——不过没走多远，拉布快步跟了上来，手插口袋，两个人并排走着。

"你今天要和我一起走了？"泡椒问。

"对啊……你自己一个回家不太安全。"

"为什么不安全？"泡椒瞥了眼拉布说道。

"你身高太矮，大家开车都看不到你。"

泡椒随即大笑起来："闭嘴吧你。"

"是谁在说话？"拉布故意问道，假装在脚踝附近找什么东西。

泡椒在拉布的胳膊上打了一拳，然后继续往前走。

"你真的有时候……会呼吸不畅吗？"拉布问道。

泡椒犹豫了会儿，他忘记自己是否提过这事，他之前从来没有告诉过任何人——拉布，他的爸爸，或者其他人，泡椒都没有说过。泡椒会胸闷，然后感到一阵眩晕，喘不上气，像是掉到冷水里一样。但这是他的秘密、他的弱点。

泡椒想起巫兹纳德关于领导力的那些话。

"是的，我猜……是因为太焦虑或者别的什么。"泡椒说道。

两个人正走到街道上，拉布点点头，小声说："我有时也会这样。"

"当下次再发生的时候，你可以告诉我。"泡椒说道。

"你也是。"拉布回答。

泡椒用手轻轻拍了拍拉布的肩膀说："兄弟，我们肯定可以战胜它的。"

"我知道，接下来我们要聊那座山还是别的什么事？"

泡椒大笑起来，两个人接着聊了聊关于雨神的事，还有奖杯，以及那座出现在球馆里奇怪的城堡。两个人都没有对之前打架的事道歉，也没必要。这一次他们已经说得够多了。

❽ 独自一人

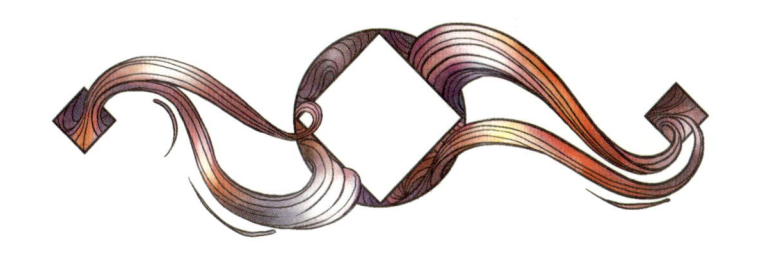

如果你不喜欢独处,
你必须学会喜欢你自己。

◆ 巫兹纳德箴言 ◆

第八章 独自一人 | CHAPTER EIGHT: A LONE

第二天,泡椒和拉布在路上走着,经过停车场,停车场的人行道斑驳碎裂,白线都已经变得很淡了。7月的热浪正是最猛烈的时候,夹杂着从老矿区飘来的浓雾,不久后浓雾就会把天空遮住,但现在,太阳依然散发着明亮耀眼的光芒。

泡椒今天的心情很好。他在马克杯里倒入些泥土,再把种子种下,然后把杯子放到卧室的窗台上。泡椒和拉布之后一起在院子里的那面墙上投篮,投了将近3小时,把他们在山顶上那段经历所带来的恐惧和怀疑一扫而空。泡椒做了顿很丰盛的晚餐,他与拉布两个人一直等到很晚,才等到爸爸回家一起吃了晚饭。没有打架,没有记仇,只有欢笑。当然,快乐总是短暂的。

"泡椒,没有女孩会喜欢你的。"拉布揉着眼睛说道。

"只是我没告诉你罢了。"

"那告诉我吧。"

"管好你自己的事就行了。"泡椒说道。

"我特别想听听你找了什么借口逃避社交。"

泡椒转过身:"你呢?你没地方去吧?你才没有社交生活。"

"我有朋友。"拉布回答,他的耳朵发红,"而且你知道的,女孩们都爱我。"

泡椒大笑:"哪些女孩?"

"太多了,名字记不住。"拉布说。

"书里的人物可不算。"

泡椒拉开球馆的大门,看到雷吉、阿墙和竹竿都已经到了。

"这个夏天每周末你都没有出去过。"泡椒特意说出这件事。

"我太忙了。"

"忙着做什么?承认吧,拉布:你是一个隐士。"

拉布生气地说:"我有时候就想一个人待着,怎么了,告我啊。"

"告你……偷吃奶酪小食?"

"真好笑。"

他们坐下来,脱掉脚上的休闲鞋。泡椒打了个哈欠,伸懒腰。

"刚刚是泡椒在打哈欠?"雷吉扬起眉毛问道,"这真是件新鲜事。"

"我们昨天睡太晚,和爸爸一起吃了晚饭。"泡椒说。

"你们吃了什么?"

"泡椒拿手的家常菜:又柴又硬的肉和馊了的米饭。"拉布说道。

泡椒瞪了拉布一眼说:"实际上,昨天的晚饭是喷香猪肉、米饭和豆子。是,猪肉确实有点……柴,米饭也不是那么新鲜,豆子就先不说了。但是好歹还有一些酱汁——我自制的——再加上一点爱,所有东西就完美地融合在一起了。爸爸说晚饭很有创意。"

"提醒你一下,爸爸在吃晚饭前已经连续工作16小时了,所以他的判断可能有点偏差。"拉布说道。

泡椒发出夸张地叹息声:"你们可以数数我有多少麻烦要搞定。"

雷吉大笑起来,之后上场投篮了。泡椒马上也跟着上了场,练习几个三分点,还有肘区的跳投,接着是上篮。雨神是最晚到的,他上气不接下气地冲了进来。

"睡过头了?"泡椒问。

"你怎么猜出来的?"雨神故意说道。

雨神刚把鞋带系好,大门就被撞开。一场大雪在室内飞舞,沿着硬木旋转,形成各种形状、面孔和在场上奔跑的球员。当雪降到一半时,雪面盘旋形成一个漏斗,然后喷发出来,飞溅的雪花在到达地面前就融化、消失了。巫兹纳德走进来时,全部人目瞪口呆地看着他。

"我确实得想想该怎么设计我的入场仪式了。"泡椒嘀咕道。

"我还在做梦吗?"站在泡椒身边的拉布说道。

巫兹纳德站在中场说:"梦来得快去得快,仿佛一缕烟飘散。"

"教练,现在就教哲学,太早了吧。"壮翰说。

"我有梦。人需要做梦,有时候梦想让人前进。"泡椒说。

巫兹纳德回答:"如果没有远见,梦想毫无意义。不要去做梦——而是要立下志向。找到通往梦想的阶梯,一级一级爬上去。选择要正确。如果不用工作,不去牺牲,就能实现梦想,梦想毫无意义,不会给你带来快乐。如果你没有付出辛苦去得到它,你就不算拥有它。不要对不切实际的梦想抱有期望。通往你梦想的道路必定是布满荆棘的。"

"我准备好了。"泡椒小声说道。

还没有。

"面对我站成一排,你们其中3个人已经提到了魔球。"巫兹纳德说。

3个人?泡椒瞥了眼拉布,但拉布轻轻地摇摇头。

"任何时候,对防守我们的人多去了解了解都是好事。"巫兹纳德看着天花板接着说,"充分利用自己身材和速度的优势,但在那之前,我们必须明白整体进攻意味着什么,所以我们要把优势拿掉,创造出条件完全相同的防守者。"

几乎一半的日光灯突然熄灭,队伍身后的那些灯则逐渐变暗,发出微弱又诡异的光,在众人看来,像是一道若隐若现的聚光灯打在脸上一样。

"我们要学会如何作为一个集体去进攻。但首先,我们需要一些防守队员。"

雨神发出一声惊呼,泡椒随即转过身来,发现他的影子在分布不均的光影中形成,慢慢地直起身来,摆弄自己的手指,原地跳了跳。泡椒意识到这个人正是他自己的3D复制品——同样的身高和体形。泡椒的影子面向泡椒,似乎也同样感到惊讶。

"这可不好玩。"泡椒说。

"来看看今天的防守球员吧,你们应该对他们很了解。"巫兹纳德说道。

泡椒的影子往前站了站,伸出手来,泡椒则往后退了一大步。影子不耐烦地甩了甩手,同时手指在手腕处敲击,像是在敲一块隐形的手表。泡椒试着伸出手,两人握在一起,影子的手握得很紧，疼痛感顺着泡椒的手臂传来。

"放松点，兄弟，别逼我拿手电筒照你。"泡椒说道。

"防守球员，各自落位。"巫兹纳德说。

5个影子很快就落到各自防守的位置上，其他影子则在一旁等待。

"谁来防守谁，我想已经很明显了。"巫兹纳德接着说，"但是我们不打对攻——大家只要练习进攻就行。一组接在另一组后面，大家跟平常一样打战术，首发球员先上。"

巫兹纳德把球扔给泡椒，泡椒非常开心自己现在还是个首发球员，但这一次泡椒不介意维恩先上，去面对奇怪的影子防守者。

泡椒深深地叹了口气："站成一排。"

泡椒在弧顶持球，他的影子沉下重心，张开双手，脚下碎步很有侵略性，这跟泡椒防守的姿势一模一样——泡椒一直以他的防守站位为傲，似乎他的影子也在做一样的事。

"你能不能……比如，说句话？"泡椒问。

影子摇了摇头。

"好吧，没有嘴巴。"泡椒说，"雨神！"

狼獾队的进攻套路很简单，泡椒把球传给站在右翼的雨神，接着雨神会选择投三分或者杀进篮下。如果雨神没有机会，他们就重新打一遍战术——但是这种情况很少发生。他们大多数额外的得分都来自雨神投丢的球，有人抢篮板然后二次进攻得手。

这次雨神接到传球后准备突破……但是他的影子就挡在他的面前，一直缠着他不放。雨神试着做了个假动作，接着后撤投篮，但他的影子往前，张开手臂。雨神被封死，他很生气，只好把球传回给泡椒，泡椒将球甩给拉布，拉布也没有找到进攻的机会。

防守者们不仅在身材和力量上和众人匹配——防守者们也了解他们的进攻习惯，不给人发挥的机会。

"试试打内线。"拉布叫喊道，把球扔回给泡椒。

泡椒接到传球后，侧身护球，他的影子狠狠地撞了他一下。

"小心点！"泡椒发出嘘声。

影子耸耸肩，随即防得更凶狠了。泡椒不得不连续做了两个假动作，才能把球顺利传进去给竹竿，相信他可以上篮得分……结果被狠狠拦了下来。

"我觉得影子们比我们防守好太多了。"拉布说道，替补球员正要上场换下他们。

"它们也喜欢犯规。"泡椒抱怨道。

泡椒的影子居然在场边挑衅，假装弹起一把看不见的小提琴。

替补球员们同样无法得分，首发球员再次上场。

泡椒要把球传给雨神，但是这次泡椒的影子早就准备好了，轻轻松松地就断下传球，然后还和雨神的影子来了个击掌，随即像一只孔雀一样，在泡椒面前昂首挺胸踏步。

"不就是一次抢断，别得意忘形了。"泡椒吼道。

泡椒的影子点点头，好像是道歉一样，然后伸出一只手，像是要握手。当泡椒伸出手的时候，他的影子立马把手撤了回来，故意用手摸摸隐形的头发。

雨神的影子干巴巴地笑起来，拍了拍泡椒影子的后背。

"影子看来是给你造成一些阴影。"站在边线的杰罗姆说道。

"一语双关用得不错。"泡椒回答。

大家又打了一小时，情况并没有变好。泡椒被断了6次球，2次被封到无路可走。他的影子又是撞又是抢，泡椒之前还从来没见过这么凶狠的防守。每一次泡椒的球被防下，影子都会用各种办法庆祝——跳舞、太空步和比手势，他的影子什么都来上一点。

"我们的影子太讨人厌了。"泡椒说道，看着自己的影子正在和拉布的影子撞胸庆祝。

"我也注意到了。"拉布嘀咕道。

"休息一下。"巫兹纳德的声音听起来有点幸灾乐祸。

泡椒大口喝水，他已经竭尽全力，但仍然没有任何帮助。他的影子防守防得太好……泡椒根本过不了他自己，似乎听起来蛮讽刺的。

"为什么输了？"巫兹纳德走向大家问道。

泡椒不屑地说："因为我们在和会魔法的影子打球。"

"你们都是在跟自己打球，只不过它们更专心而已。"巫兹纳德说。

泡椒脸唰的一下红了。

"我们都是在一打一。"雨神说，"我猜我没特别想过，但事实很明显。球队的计划是把球传给机会最好的球员，但我们没做到。太难了，因为这些……这些东西知道我们怎么打球。

"说得很准确。"巫兹纳德点头表示赞许。

"但篮球就是这么打的啊。没错，可以传球，可以掩护，但到决战时刻，还是需要把球给能投篮的球员。这就是篮球。职业球员都是这么打的。"

"绝大多数情况下是对的。但是比赛除了5个球员单挑另外5个球员之外，就没有其他东西了吗？如果真的是这样，我们为什么不分开训练？为什么还要在一起训练？"

泡椒思考着这个问题："那个，我们还是需要相互传球啊……"

"你们进攻的方式,和绝大多数人进攻的方式一样,一开始很有效,但很快就不再凑效了。对于世界上大多数技巧高超的球员来说,如果是一对一单挑,总能找到自己的优势。但对于其他人来说,就必须自己创造优势。而只有借助整支球队的帮助,才能达到这一点。"

"可是……"泡椒说。

"如果我们作为一支球队防守,就作为一支球队进攻。交流、计划、审时度势。"

"可是……"泡椒还想说什么。

"我们拧成一股绳来进攻。首先,从简单的聚光灯开始。"

泡椒叹了口气,走回到弧顶。他的影子再一次蹲下,冲泡椒招手。

"你知道吗?你真是个混蛋。"泡椒说。

但是,是谁被照射出影子呢?

泡椒愤怒地看着巫兹纳德。当泡椒开始进攻时,他发现剩下的灯光正逐渐变暗,球馆里只剩下3排灯泡了,看起来很快就要熄灭。

"泡椒,把球传给雨神。"巫兹纳德说。

泡椒犹豫了:"我都快看不见他了,能把光调亮点吗?"

"我就是这个目的。传给雨神。"

黑暗中,泡椒几乎是眯着眼把球传给了雨神。一束微光照在雨神身上,他的影子往后退,给雨神一些空间。但是随着雨神开始运球,黑暗再一次将他笼罩。

"这是怎么回事?"雨神小心翼翼地环顾四周问道。

泡椒也想着同样的问题,他注意到自己的影子变得更大了。

"噢,真是完美。"泡椒抱怨道。

"竹竿!"雨神喊着,把球扔进内线。

竹竿突然间被一道明亮的光照亮:"传球,是传球把大家点亮了的光!"

"选择能够照亮整个球场。"巫兹纳德同意竹竿的说法,"每个人都移动起来,黑暗就消散了。"

"选择,"泡椒想着,"意味着任何人都有空位的机会。"

泡椒空切进去,聚光灯打在他身上,使他的影子变回到正常大小。泡椒接到球后,雨神横切跑位,泡椒传给他,依然被聚光灯照着。一旦泡椒像往常一样站在弧顶等球,他周围的空间又变暗了。

"当我站着不动的时候,大家看不到,我也看不到他们。"泡椒意识到这个问题。

阿墙快速地从低位切出。

"我们一定要跑起来!"泡椒喊道。

他正是这么做的,在泡椒的篮球生涯里,他还没有像今天这样跑动如此频繁。他发现自己会出现在翼侧、在底角,甚至还会冲抢篮板——为了让灯光一直亮下去,让他的影子被控制住,泡椒什么事都可以做。泡椒之前总是困扰于控卫的定位,觉得自己不能离开弧顶的位置。现在他没有选择,只有冒险,参与进攻。很快泡椒就把球压到了低位,用强有力的双腿把影子往后顶。

在聚光灯引导下,进攻的效果显著。最好的进攻选择总是被光照得最亮,从而使传球变得简单起来——泡椒只要传到有光的位置就好了。只要泡椒在进攻的时候把头抬起来，眼观六路，他就能发现内线的球员有许多空位。以前经常是泡椒杀到内线里，防守的人围上来，泡椒便会像在丛林里迷路一样。现在阿墙和竹竿都站在防守球员后面，被光照着，泡椒可以把球击地传给他们，让他们轻松上篮得分。

泡椒同时还利用队友的帮助，继续发挥自己的优势。泡椒挡拆后假装传球，他的影子不断地被骗去防守竹竿和阿墙，影子被惹恼了——气得直跺脚，朝队友挥手要求协防。但是影子和本体之间真正的区别就在于交流。

泡椒从来没有像今天这样，听到狼獾队交流得这么频繁——至少在开着灯的时候没有。甚至连竹竿也在喊着挡拆，积极跑动，抓住机会就投篮。整场比赛变得生机盎然。

最终，巫兹纳德走上前来，带着他的那盆花。

"今天就训练到这儿吧，大家坐下来看，先生们，谢谢你们。"巫兹纳德说。

泡椒坐在花的前面，注意力放到花上，这一次泡椒不觉得自己烦躁想乱动。他全神贯注地盯着它看，但是当球馆变得越来越暗的时候，泡椒察觉到了什么，抬起头，看到魔球又回来了，正飘浮在和自己10英尺（约3米）远处。泡椒小心翼翼地起身。

"又来了。"拉布小声说。

维恩先冲了上去，拉布跟在后面，之后是泡椒。泡椒想在第一次冲刺时就抓住魔球，结果失败了，还差点因为太冒失而摔下来。泡椒转过身，看到德文、竹竿和杰罗姆都还坐在花的四周，盘着双腿坐着。

"有3个人已经捉到魔球了。"泡椒想到这句话。

第八章 独自一人 | CHAPTER EIGHT: A LONE

　　泡椒朝魔球疯狂地冲过去，不料脸朝下直接磕在木地板上。
　　"噢。"泡椒吃痛叫道。
　　魔球停在雨神的面前，泡椒翻了个身，看雨神要怎么对付魔球。雨神慢慢地靠近，接着，当魔球正准备要改变方向的时候，雨神以一只脚为轴，转了个圈，用右手抓住魔球。雨神咧开嘴笑了笑，随即整个人便消失不见。
　　泡椒看见德文走向板凳席，他和拉布昨晚讨论了一个晚上关于这个新来的壮汉……他们打了几个赌，泡椒觉得现在是时候来验证到底谁是对的了。
　　"拉布和我打了个赌。"泡椒说着，朝德文走去，"为什么你要在家里学习？"
　　德文脸色一变："我……我更喜欢这样。"
　　泡椒失望地说："噢，我还猜是因为你爸妈强迫你这么做的。你在家上学多长时间了？我还真不认识哪个在家上学的，感觉有点酷。"
　　"今年是第四年了。"德文说道，始终没有和泡椒对视。
　　"你以前在学校读书吗？"
　　"是的。"
　　"好，我还能赢下第二个赌注。"泡椒想着。
　　"为什么退学？"
　　德文有点烦躁不安："我……我在那里不太适应。"
　　泡椒有点失望："噢，没有冒犯你的意思，但你看上去像被开除了。"
　　德文低头看着泡椒，站起来比泡椒足足高了一个头，身体则比泡椒宽了一半。德文的身上似乎看不到一点多余的脂肪。

"老兄，我真希望自己像你一样，你的手臂比我的腰都粗。"泡椒说道。

德文揉了揉自己的手臂说："有时候我觉得自己……太壮了。"

泡椒大笑起来："太壮？得了吧，大个子，你知道别人是怎么称呼我的吗？"

"呃……不知道。"德文回答。

"小虾米、小男孩、小胡子先生……"

德文笑了出来，泡椒也笑了。

"呃，我猜最后一个绰号应该跟我的身高无关。关键在于，我没有让这些绰号影响到我。又能怎么样？我是矮，但我仍然打得比他们好。你是头野兽，哥们儿。别管别人怎么说，利用好你的优势。如果别人不尊重你，笑一笑，用篮球说话。"

德文挤出一丝笑容："是啊……你说得没错。"

"我当然说得没错！很快你就会知道了。"

泡椒的话突然说到一半不说了。难怪德文没怎么和大家交流——泡椒还没给他起外号呢。

"嘿，你还没有绰号吧！"

"我……对，没有，目前来说是这样的。"

"我真是没有履行好我的职责。"

"别在乎这个了。"

泡椒让德文走开，自己要思考一下。泡椒需要想一些好的词，可以让德文振作一些的词。德文显然很害羞，也许能想一些绰号，可以让他凶狠一点，最好跟态度有关。泡椒边思考边脱口而出，列出他之前发明的其他绰号，希望能激发些灵感。"而且你……好吧，你很高大，像只野兽，不如叫公牛？"

德文的笑容稍纵即逝，泡椒把他的手举起，可以看出德文有点局促。

"当我没说。"泡椒停顿了会，"大帝？"

德文看上去更不安了。

"你这个傻瓜，别再起跟身材相关的绰号了，他需要的是自信心。"泡椒责备自己。

接着有个想法突然冒了出来。

"跟你说……我们给你起个绰号，但你必须靠自己证明配得上这个绰号。"

"比如什么？"

"有钱的款爷。"泡椒得意地说，"简称款爷。就好像每次你在低位拿球，都能很轻松地刷卡取款，因为没有人可以阻挡你这个大个子。"

德文对这个绰号很满意，大笑起来……笑声洪亮，震耳欲聋。

"就叫款爷了！"泡椒说，"冲吧，哥们了！款爷冲着冠军来了！"

泡椒和德文击了下拳，随即朝雨神走去，雨神才刚刚闪回到球馆。泡椒想从雨神那儿得到些关于魔球的信息，也想知道魔球把雨神带哪去了。

泡椒听到身后有个人在低声说话。

"款爷……好……这个适合我。"

泡椒笑了下，他希望款爷能在和狼獾队的相处中，更有家的感觉。现在泡椒所做的就是激发出德文的潜力，做一头他本来就应该成为的野兽。花点时间，泡椒可以做这样的事。他认为自己是一个有天赋的激励者。

"你没事儿吧?"泡椒问雨神。

雨神犹豫了会:"嗯,我没事儿。"

雨神朝板凳席走去,头有点晕,泡椒决定不去烦他,也许泡椒还没到问的时候。

泡椒叹了口气,决定唱点什么激励雨神。

"Rain the baller
the big shot caller
he may be down
Slouching round town
but when the game is on
and time is almost gone
he'll hit the winner
Rain serves buckets for dinner"

雨神他这个球手

关键时绝不留手

他也许低沉失落

他懒散茫然失措

当比赛大幕拉开

当时间渐渐不在

他投中制胜一球

是雨神家常便饭

雨神大笑起来,摇摇头。

"你确定没事吧?"泡椒说着,举起拳头向上。

雨神和他击了下拳说："你懂的，没事。"

当泡椒穿鞋的时候，有个很轻的声音在他脑海中响起："你最害怕的地方。"泡椒不知道这是什么意思，但是他觉得自己很不喜欢这句话。

9

突飞猛进

我们不需要恐惧自己不能控制的事，
但是我们可以学会控制我们的恐惧。

◆ 巫兹纳德箴言 ◆

第九章 突飞猛进 | CHAPTER NINE: THE BOOST

　　泡椒没有睡好，他一直在做梦，梦里出现了正在下沉的小船、隐在浓雾中的道路和崩塌的山峰。也许是昨天的晚餐闹的，泡椒做了顿难以下咽的意大利面，以至于拉布连批评的心情都没有。下半夜，泡椒睡不着的时候，他就去看看以前的书，或者用手指转球玩。泡椒觉得自己似乎错过了什么事情。他睡过了头——拉布叫醒他，这还是头一次发生——两个人急急忙忙地冲到球馆。

　　泡椒到达球馆后，他决定和德文一起训练。这个大男孩站在低位，泡椒把球吊进内线，德文接球后快速转了个身，将球投进篮筐，随即笑了笑。"这就对了，兄弟。"泡椒说着，假装打开收款台，说，"取款啦！"

> "Cush is a beast
> down low he will feast
> he may be schooled at home
> but on the court, he's the..."

款爷真是头野兽

低位他肆意享受

他也许在家里上课

但场上他绝对……

泡椒停下,想修改这句词,他挠了挠脖子,还有机会挽救这段说唱。

> "He's schouled at home,
> but on the court he will roam
> he's the kid with the muscles
> he must eat his brussels...
> sprouts?"

他也许在家里上课

但场上他绝不缺课

他虽小却满身肌肉

甘蓝他照样能忍受……

泡椒皱起眉头说:"显然这不是我最好的作品。""说得真保守,等等,你有过最好的作品吗?"拉布说道。"闭嘴吧你。"泡椒运着球走到边线的位置,脑海里想象着看台上观众座无虚席的场面。他等不及要快点开始正式比赛了。走出更衣室,进入场地内,看着对手从另一边走过来,泡椒想想就兴奋。

呐喊声、掌声不断。泡椒的爸爸给两个孩子加油鼓劲,如果他有时间来的话。泡椒闭上眼睛,仿佛声音就在耳边响起。"距离训练营结束还有两天。"巫兹纳德说着,走到场地内,"还有两个人没有抓到魔球。"随后,巫兹纳德又朝大门走去,把疑惑的队员们留在了中场的位置。"今天没有训练吗?"泡椒问。"有啊,只不过你们不需要我了。"巫兹纳德说。

第九章 突飞猛进 | CHAPTER NINE: THE BOOST

"我们应该干点儿什么？"雨神在巫兹纳德身后问道。巫兹纳德回身看着他们："交给你们自己决定。"

大门猛地打开，巫兹纳德快步走了出去。当大门合上的时候，门和墙居然融为一体。泡椒担心地盯着那面墙，费尔伍德球馆唯一的入口和出口消失了，球队被困在球馆里。"完美，我猜，他是想确保我们不会早早回家。"泡椒说。"我不太确定。"竹竿说道。

就在竹竿说话的时候，一声刺耳的巨响划破空气。泡椒捂上耳朵，惊恐地发现球馆两侧的墙开始往里推压过来。"这不可能。"维恩倒抽了口凉气。"可能或者不可能，这事可太主观了。"拉布抱怨说道，"有想法吗？"泡椒扔下球，看见一面墙正把看台座位往前推过来。"或许应该再试试投篮？"维恩建议。

大家纷纷把球拿起来，开始投篮。泡椒投中一记罚球，甚至还有一记三分球——他尝试几次就投中了，尽管周围嘈杂，还有墙体压迫而来。大家似乎都投中不止一个球，两面墙还是没有停下，变得越来越近。"没用的。"拉布说，"两天前我们练过投篮。巫兹纳德不会让我们做重复劳动的。"泡椒尽力想，他们还需要做什么呢？有什么其他地方他没有注意到呢？德文冲到看台那里，抓住一角，用尽全力，想把座椅从墙上拔下来。"来帮忙啊！"德文大喊。全队纷纷加入其中，大家一起把看台座椅拽了下来。

泡椒的爸爸曾经告诉过他，在球馆里，大家要团结一心，木地板上的痕迹是大家努力的证明，要坚定不移。当看台被拉扯得离墙壁足够远之后，泡椒跑到另一侧，用力往外推，脚下不断踩着使劲，像坦克履带一样。"从旁边搬！"雨神大喊，"我数到三！一……二……拽！"他们刚好赶上，将看台座椅横在两面墙之间，泡椒跌在地上，耗尽所有的力气。没有人说话，两面墙平稳地靠近座椅，像张开的血盆大口。

随着难听的金属碾压声，看台在强压下开始折叠变形——两侧往下扭转，中间凹起，成了一个U字形。泡椒的心脏快跳出来。他赶紧跑到之前大门的位置，绝望地想看看是否只是大门隐形了，但是他摸到的只是斑驳的墙面。泡椒用力将拳头捶在墙上。"巫兹纳德！"泡椒哭出声来，"帮帮我们啊！有人吗？"没有人回答。

"看！"德文大喊。泡椒转过身来，看见魔球正悬在距他们头顶20到30英尺（约6米到9米）的位置，看起来像在嘲弄众人。泡椒可以感觉到骨子里有一股寒意，每次魔球出现时他都有这种感觉，但今天它出现得太晚了，也实在太远了。"真是来得好。"泡椒说。"我们有人能逃出去啊！"竹竿说道，"你可以消失，还记得吗？""只有那些还没抓到魔球的人才行，只对他们有效。"雷吉说道。

泡椒知道只剩下他自己和拉布没抓过球了，没有多想，泡椒转身看向他的弟弟。拉布面无表情地看向泡椒。如果他俩只有一个人能逃离这里？泡椒眯起了眼睛。肯定是选择拉布。

"到看台上面去！"拉布说道。

没有其他的办法，泡椒爬到看台上，座椅中间的位置被挤压到墙上，泡椒顺势爬了上去。钢材因为汽水反复洒在上面的缘故变得有点黏黏的，泡椒又拽又拉又推，把球员一个个弄上来。当泡椒带着大家站在看台最高位置时，拉布伸手去抓魔球。

他们还是不够高——大概还有15到20英尺（约4.5米到6米）的差距。泡椒转身看向那些墙，它们马上要干掉整个狼獾队了，墙体正快速合拢。泡椒止不住地发抖，到头来终究是一场空，崩塌的山峰，会防守的影子。大家训练得这么辛苦，最后，面临

第九章 突飞猛进 | CHAPTER NINE: THE BOOST

的结局就是被干掉。泡椒觉得很受挫，转身看向拉布。

两人目光相接，沉默不语。德文做了最后的挣扎，他弯下腰，四肢撑地，脚蹬在看台弯曲的地方，用强有力的手指抠住另一张座椅。"来啊！我们来搭个金字塔！"德文喊道。

没有时间争辩了。竹竿、阿墙、壮翰和雷吉跳到德文身边，跟他一起弯下腰撑地，形成一片不是很平的底座。雨神、杰罗姆和维恩爬到他们上面，颤颤巍巍地肩膀对肩膀靠在一起。只剩下拉布和泡椒了，他们一路往上攀，互相抓住对方的手，用尽全力支撑自己。泡椒没有别的选择，只能把球鞋踩在队友们的背上，但是没有人大喊大叫或者抱怨。泡椒和拉布终于爬到最顶上，扶着对方的手臂，保持身体平衡。

两人再次对视，然后一同看向顶上的魔球。仍然还有 10 英尺（约 3 米）的距离，就算是拉布也够不着——除非再来点帮助。幸运的是，他的大哥就在旁边。泡椒蹲下，双手交叉成一个脚垫："听我的口令。"拉布皱起眉头："泡椒，我们还没商量……"泡椒摇头："别跟我争辩，想也别想我会丢下你。现在……"拉布的眼睛噙满泪水，泡椒想抱抱他，但现在已经没有时间了。不管会发生什么事，泡椒都要救他的弟弟。"我也不能把你丢下。"拉布哽咽道。"我会没事的！现在，利用好这多出的 3 英寸（约 7.62 厘米），尽全力跳起来！""泡椒……"

"一……二……三！"泡椒大喊，"走！"

拉布一脚踩在泡椒手上，奋力一跳。泡椒用尽全力把膝盖向上顶起，把腿蹬直，送他的弟弟腾空而起。时间似乎再次慢了下来。接着拉布的手指碰到魔球，整个人瞬间消失了。随着拉布消失，墙体居然开始后退。

"狼獾万岁!"泡椒哭喊着,拳头举过头顶。

"狼獾万岁!"其他人跟着他一起喊。泡椒跳了下来,把其他人扶起。随着墙体回到原位,所有人大笑起来,庆祝他们做的好事,费尔伍德球馆依然完好无损。看台座椅退回到老位置,碎裂的篮板装上一层明亮的玻璃。球馆不只是重建,现在是完全崭新的一样,打上蜡,焕然一新。

现在费尔伍德球馆的样子,就跟泡椒曾经想象的样子一模一样。泡椒想知道他们是否可以给球馆挂上更多的锦旗,他想象着在墙上挂一面锦旗,笑了起来。"抛得漂亮。"雨神走过来说。泡椒和他击了个拳:"靠的是我坚实的肌肉。你觉得我的弟弟会在哪里?"紧接着拉布出现了,泡椒上下打量了他一会儿,随即把拉布拥入怀中。"你看到了什么?"雨神问。拉布看了雨神一眼说:"未来。""还有呢?"泡椒轻声问道。

"我们会一起见证的。"拉布在耳边轻轻地说。泡椒再次抱了抱拉布,他想不到自己的眼睛里竟然充满了泪水。"小船还浮着吗?"泡椒问道。拉布的眼睛睁得很大,随后点了点头说:"小船还浮着。"

泡椒觉得心里有了动力……虽然他还不知道动力从何而起。

现在你准备好了,准备踏上征程。

◆10◆

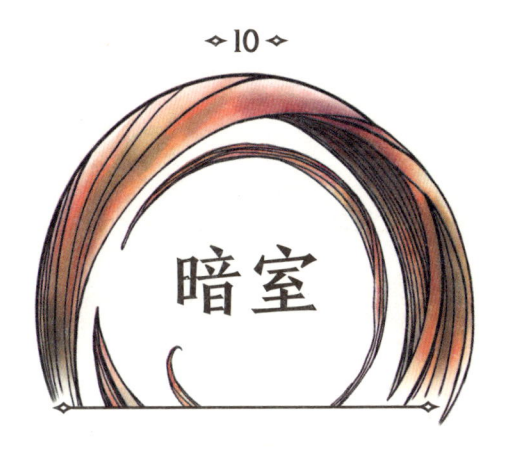

暗室

在最艰难的时候,
就能看出谁是真正的领袖。

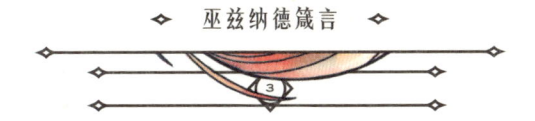

◆ 巫兹纳德箴言 ◆

第十章 暗室 | CHAPTER TEN: THE DARK ROOM

隔天早上，泡椒拿出自己的篮球，若有所思地盯着球。他正和拉布一起坐在主队板凳席的位置，看着雷吉和竹竿在热身。除了他们，其他人还没有来训练。

"最后 1 天。"泡椒说着，莫名有点舍不得，早晨的训练方式就要更换了，"真是奇妙的 10 天。"

"时间真是快。"拉布说道，他也赞同泡椒的话。

泡椒试着回忆起第一天的场景，在巫兹纳德走进来之前。"10 天前感觉什么事都简单很多。"

"是啊，但是我不怎么怀念之前。"拉布说。

泡椒看着他的弟弟，他已经决定不再对拉布做太多要求。泡椒跟拉布说如果想聊聊，自己任何时候都奉陪——不必非要争论谁对谁错。昨晚拉布还一起帮忙准备晚饭，真是头一次发生这样的事，泡椒还看到拉布拿着妈妈的照片站在壁炉边。拉布改变了一些，心里的围墙已经被拆除。

"我想妈妈了。"拉布突然说道。

泡椒笑了起来："你说出了那个词。"

"是的，时间能治愈一切。你觉得妈妈会对我们最近发生的事怎么评价呢？"拉布指了指球馆四周。

泡椒想了一会儿说："她可能会鼓励我们从这里打出去，今年把其他的队伍都干掉。"

"听起来一点也不像她会说的话。"拉布说道。

"我知道，这是我想说的话，现在我是老大了。"

拉布大笑，推了泡椒一把，泡椒挠挠头站了起来，伸了懒腰。

"你接下来要开始经常做饭了？"泡椒问。

拉布不屑地说："如果我们想成功活过这个赛季，我觉得要亲自出马了。"

他俩一起热身，泡椒改了以前热身的习惯。他过去经常在弧顶投篮，也只会从那里突破。但现在泡椒明白了，以前一直太束缚自己了。所以他加练了底角三分，背身单打，在投篮前练习空切跑位。泡椒的投篮没有全都进，大部分都丢了，但是泡椒会回到投丢的位置再投篮。

就在泡椒练习时，他看见拉布有节奏地不断进球。泡椒也看到雨神冲到内线，来了记扣篮。泡椒知道他们都领先于自己，尽管他努力了，成长了不少，但依然落后于他们。泡椒再次感到一阵寒意，真是一个难以接受的事实。

"集合。"巫兹纳德已经到了球馆，"你们中，只有一个人没有抓到魔球。为什么？"

泡椒脸色一变，他就是那个最后一人，每个人都知道这件事，但是不知怎么，他不觉得这是在竞争。泡椒一点也不为昨天的决定感到后悔，他对于做最后一人这件事，出乎意料地坦然接受。

第十章 暗室 | CHAPTER TEN: THE DARK ROOM

众人围成一个半圆，维恩开口："因为……你叫我们这么做的？"

巫兹纳德转身看向维恩："但这是为什么？你找到了什么？"

"恐惧。"雷吉小声地说。

巫兹纳德点点头，转过身看向挂在北面墙上的那排锦旗："如果这世上只有一件事能阻挡你前进，那就是恐惧。要想赢得胜利，必须战胜恐惧，无论是篮球……还是任何事。"

"但是……我们做到了，对吧？"壮翰问道。

"恐惧没那么容易战胜，恐惧还会再度降临，大家要时刻准备。赛季开始之前，我们有许多东西要练。至于今天，我们复习一下这些天学到的东西。"巫兹纳德说。

突然，刮擦声响了起来。

"竹竿……你对训练内容很了解。"巫兹纳德说着，手伸进背包。

巫兹纳德再次设置障碍训练，接着卡罗回来了，影子们也回来了，巫兹纳德抖出那些防护垫和头盔。很快，让大家能回想起整个训练营过程的道具都出现在木地板上。

"请站成一排，我们先从罚球训练开始先跑圈，等到有人命中罚球再停。练完这一项，接下来是观察雏菊。之后是运球过掉老虎卡罗，然后拿着护垫练习防守。在此之后，我们在黑暗里，用发光的篮球练习'聚光灯进攻'。然后是和影子防守球员对抗。在此之后，是针对弱侧手的训练。训练的最后是投监，还要揭开另一个小谜题。"

"还会不会有奇怪的事情发生了？"维恩问道。

巫兹纳德看着维恩说："奇怪的事情？"

"当我没说。"维恩含糊不清地说道。

泡椒开始了训练。这比他在训练营以前做过的都要难——早几天的训练项目所带来的挑战接踵而来。泡椒尽力在失去一只手的情况下完成挑战,从卡罗的身下爬出来,和烦人的影子大战,不断投丢球,一个接着一个。泡椒全身大汗淋漓,腿脚发酸,他一直在坚持,没有放弃,直到筋疲力尽,滑倒在地。魔球突然出现,漂浮在他的面前,泡椒大口深呼吸。

"就剩你和我了,哈?"泡椒说。

"泡椒,搞定它!"维恩喊道。

泡椒开始行动,这次可绝对不是乱来——他预测到魔球的动向。泡椒很好地利用周围的环境,把魔球逼到角落,无处遁形。最后,孤注一掷,泡椒在半空中猛扑过去,把这个流动的黑色物体抓下,抱入怀中,像抱一座奖杯一样,紧接着费尔伍德球馆消失了。

泡椒站在水泥地上,四周空空如也。

他慢慢地原地转了一圈,周围没有墙,没有天花板,四面只有无尽的黑暗,空气中带着一丝寒意——泡椒熟悉这种寒意。

"泡椒?"一个熟悉的声音问道。

泡椒找来找去,看见了雨神,或者说有点像他。一个更成熟的雨神——差不多20岁的他。雨神身着华丽,戴着钻石耳环、金项链、价值不菲的手表。

雨神从耳边放下手机说:"是你吗?"

"对啊,当然是我。"泡椒说道,跑了过去,"你怎么到这里的?你看起来年纪更大了。"

雨神不屑地说:"我更大了?老兄,我都快认不出你了,发生了什么事？"

泡椒低头看看自己，身穿一条浅色卡其裤和一件绿色的高尔夫球衫，大腹便便，肚子垂在皮带外面，鞋子又脏又破，手表的表面也碎了。泡椒摸了摸自己的脸，浓密的胡须，眉毛很杂乱，眼袋很深。

"你指的是什么？我们……过去多久了？"泡椒小声地说。

"肯定有10年。"雨神说，嘴巴歪到一边笑了笑，"真是疯狂，你知道的，两座冠军奖杯，发生了太多的事。回家来看一下真挺好的……我觉得是这样。"雨神大笑起来："这个地方还是跟垃圾场一样，难怪拉布不回来了。"

"拉布……"泡椒说道。

场景在雨神身后出现，就像投在大屏幕上一样。拉布长大了，正在DBL联赛打球。泡椒看到他举起冠军奖杯，许多球迷在尖叫呐喊。泡椒看见他的爸爸在看台那里，有点驼背，脸上很开心。雨神也在画面里，和拉布在同一支队。泡椒慢慢转过身。

"我曾经也想一直打下去……"泡椒小声地说。

"可惜，你以前努力想跟上，只是天赋不够，老兄，不是每个人都有机会的，对吗？你肯定明白。但是我们会再见面的，有空的时候来看比赛，我可以帮你搞一些票。"雨神的手机响了，他接起电话大笑："最近怎么样？老样子，真是难过。"

接着，雨神消失了，全队出现在泡椒的身边，他的家人也在。泡椒的妈妈就站在那，看起来状态很好。泡椒很开心，眼睛红红的。但是无论何时泡椒朝大家走去，大家都退得远远的。泡椒跪下来，眼泪止不住地流。

"回来吧，求你们了。"泡椒低声说道。

"你并没有把大家推开,你知道吧。"

泡椒在身后看到巫兹纳德,后者正站在他家人和队友围成的圈外面,泡椒说:"让我从这里离开吧,求你了。"

"是你把我们带到这里的。"巫兹纳德平静地说,"不是我,是你,把大家全部带到了这里。"

"我希望自己没有这么做过,现在我要怎么离开?"

"你知道自己现在在哪儿吗?"巫兹纳德问。

泡椒环顾四周,空气中感到一阵寒意,他看到大家站在那等着。

"在我的恐惧里。"

"非常好,就在你心底最深的恐惧里。在这个房间,所有的事都有因果。"

"但是我还是不明白。"

"卡罗斯·'泡椒'·华瑞兹,你最害怕的是什么?为什么这些人会在这里?"

泡椒看着他的妈妈、拉布和队友们。他想起每次自己向大家走过去时,所有人都慢慢地拉远了距离。他想和妈妈说一句再见。

"我跟不上他们。"泡椒小声说。

"但是你为什么要担心呢?"

泡椒犹豫了一会儿:"我 …… 我担心自己被甩在后面。"

这句话在房间里回荡,久久未去。围着泡椒的其他人点点头,好像同意他的这个回答。泡椒配不上他们中的任何一个人,眼看着他就要落后了。

"她似乎是个很伟大的女性,我们用不同的方式面对挫折。"

"我的弟弟 ……"

第十章 暗室 | CHAPTER TEN: THE DARK ROOM

"拉布隐藏了自己的悲伤，而后开始反噬他，接着改变了他的价值观，让他觉得自己一文不值，拉布也觉得自己会让别人失望。"

泡椒点点头："我知道这种感觉。"

"你呢？"

泡椒看着他妈妈飘忽不定的身影："第一次有人离我而去，我试着修复心里的伤，但是我总觉得这样的事还会发生，就像我总觉得自己会落后一样。"

"你有可能会落后。"

"但我记得你告诉过我，我是一个领袖。"泡椒小声说。

"泡椒，你是一个领袖，但不意味着你必须站在所有人的最前面。"

"我想成为一个职业运动员。"泡椒继续说道，"我想追上雨神和拉布。"

"他们可能打得上职业，也可能不会，你可能实现梦想，也有失败的可能，这不是问题的关键。"

"那什么是关键？"泡椒问。

"不管你要去哪儿，都是你的选择，走哪条路你自己决定。如果你要和这个世界赛跑，你没有胜算。如果你要和你弟弟竞争，你就会让他失望，让自己失望。同理，对于雨神也是一样，看那边。"

泡椒转过身，成百上千幅画面在眼前闪现。泡椒看到雨神正盯着一张皱巴巴的纸条，眼泪渗入纸张里；看到竹竿在浴室镜子前颓然坐倒在地，显得很沮丧；看到雷吉在灰暗的卧室中盯着老照片发呆；泡椒还看到壮翰在房间里号啕大哭，很害怕的样子；

看到维恩在给身上新添的瘀青化妆掩盖；看到阿墙正睡在一座破败房子的地板上。泡椒看见了——痛苦。

"如果你把其他人想得太完美，你就看不到他们的弱点，你也就帮不了他们。"

巫兹纳德将一只手搭在泡椒的肩上。

"不要再盲目追赶任何人，泡椒，你是一个领袖。如果你帮助其他人到达终点线，你不会在乎自己是否和他们一起。那时，只有在那个时候，你才能真正赢得属于你自己的比赛。"

泡椒再次感到自己的眼里充满泪水："我打不上DBL联赛，对吗？"

"我不知道，但如果这是你人生中唯一的目标，你将会忘记怎么更好地生活。"巫兹纳德转过泡椒来，面对自己，"泡椒，做一个出色的篮球手。"随后轻声说："做一个更好的人。"

泡椒点点头："我认为我们是时候离开这里了。"

"我同意。"

泡椒瞬间回到球馆，周围都是队友们。障碍训练已经结束，巫兹纳德站在大家的面前。

拉布走上前，和泡椒击拳，"老兄，还好吗？"

"老弟，一切都好。"

"所以，这个场馆是活的……"雷吉说道。

竹竿笑了笑说："我也不确定，但它确实差点吃了我们。"

全队都大笑起来。

"竹竿都会讲笑话了。"泡椒说着，摇头晃脑，"接下来会发生什么新鲜事？"

泡椒随即开始了饶舌：

第十章 暗室 | CHAPTER TEN: THE DARK ROOM

"Camp is almost done
We probably still got to run
Putting Champs on a banner
The quiet over clamor
Peño waits to watch
Cheers and stops
He wanted rhymes with 'Badger'
But the words didn't matter
Ball is roads and ramps
No more time for losses
Only time for champs.

训练营眼看要结束

狼獾队仍然要奋斗

锦旗上印一个冠军

行动是最好的证明

泡椒等待着来临

欢呼声时断时续

他想找狼獾的押韵

但歌词不需要在意

篮球路上起起伏伏

没时间接受失败

有时间迎接冠军

所有人都在欢呼,一起围着泡椒,摇晃着他的肩膀,疯狂地跳着。

巫兹纳德拿起背包,朝大门口走去。

"你刚刚说过，我们还有最后一个谜要解？"雨神在巫兹纳德身后朝他问道。

"没错，每个人都有一个，对了，顺便说一句，欢迎加入狼獾队。"巫兹纳德说。

每个人都在欢呼的时候，泡椒准备换鞋，脑海里想着最后的谜题。还有什么是没有解决呢？在泡椒周围，球员们都在聊天，泡椒注意到德文也在说话，竹竿和雷吉一起坐在另一张板凳。第一次，狼獾队看起来像一支真正的球队。

泡椒等不及新赛季快些开始。

他们每个人换好衣服鞋子后，一个等一个，不着急。泡椒坐在板凳上等他的弟弟穿戴好——不出意外，拉布又是最后一个准备好的人——紧接着所有人都站起身，朝大门走去。

巫兹纳德之前提出的一个问题突然在泡椒脑海中出现：泡椒最担心自己出现在什么位置呢？现在他知道答案了：最后一个。这确实是泡椒处于的位置，最后一个才抓到魔球。处于最后的位置，对泡椒来说不是难事。

但或许巫兹纳德是对的，最后一个本该就是泡椒的位置，他可以从这个位置领导全队。毕竟，有些人是需要推着走的。

当球队一起走向大门时，雨神从队列里跳出，把门打开。泡椒等着，让其他人都走出去，他再检查了一下费尔伍德球馆，微微一笑，把所有的灯关上。

泡椒是最后一个走出去的人——他要确保没有人被落下。